David Wohlhart – Michael Scharnreitner – Elisa Wohlhart

EINS PLUS

Mathematik für die 3. Klasse der Volksschule

Erarbeitungsteil 3

HELBLING

Inhaltsverzeichnis

PHASE 1

Wiederholung Plus und Minus bis 100

Ausbau Zahlenraum 1 000

Längenmaße, Grundformen, Symmetrie

PHASE 2

Schriftliche Addition

Umfang ebener Figuren

Massenmaße, Teilen mit Rest

Schriftliche Multiplikation

Inhaltsverzeichnis

PHASE 3

Schriftliche Subtraktion

Kilometer, Tonne, Uhr

Schriftliche Division

Daten

PHASE 4

Sachrechnen und Modellieren

Körper, Hohlmaße: Liter, Milliliter

Mathematische Muster

Euro und Cent, Kommaschreibweise

Mein Mathematikbuch

Das bedeuten die Zeichen:

 Das ist eine knifflige Aufgabe.

 Erzähle, beschreibe oder berichte.

 Sprich mit einem anderen Kind.

 Sprecht in der Gruppe.

 Arbeite im Heft.

Bleib in Form! – Übe regelmäßig.

 Lerne wichtige mathematische Wörter.

Höre die Geschichte oder das Lied an.

→ Ü 5–8 – Übe im Übungsteil.

 Das ist ein Schlüsselbild.

1. Herzlich willkommen!

1 **Schau das Bild genau an und beantworte die Fragen.**

1-1

a) Wie viele Zimmer hat das Schloss?

A: ______________________________

b) Wie viele Zimmer sind noch frei?

R: ______________ A: ______________________________

c) In jedem Turm stehen 5 Sessel.
Wie viele Sessel stehen in allen Türmen zusammen?

R: ______________ A: ______________________________

d) Das Schloss hat auf jeder der vier Seiten gleich viele runde Fenster.

Wie viele runde Fenster sind das insgesamt?

R: ______________ A: ______________________________

e) Von den 40 Personen, die im Schloss arbeiten, sind die Hälfte Frauen.
Wie viele Männer arbeiten im Schloss?

R: ______________ A: ______________________________

2 **Denke dir selbst Fragen aus und schreibe sie mit den passenden Rechnungen und Antworten in dein Heft.**

Von den 20 Fenstern auf der Vorderseite sind 6 rund, die anderen sind eckig.
F: Wie viele Fenster sind eckig?

Ü 5–10 Sachaufgaben
1) Dazu gibt es eine mathematische Abenteuergeschichte.

1. Herzlich willkommen!

1 **Rechne.**

5 + 3 = 8	3 + 2 = ___	1 + 8 = ___	4 + 4 = ___	2 + 7 = ___
50 + 30 = 80	30 + 20 = ___	10 + 80 = ___	40 + 40 = ___	20 + 70 = ___
7 − 4 = ___	9 − 5 = ___	6 − 4 = ___	2 − 2 = ___	8 − 3 = ___
70 − 40 = ___	90 − 50 = ___	60 − 40 = ___	20 − 20 = ___	80 − 30 = ___

2 **Rechne und kontrolliere selbst. Immer zwei Rechnungen haben das gleiche Ergebnis.**

56 − 8 = 48 ○	○ 55 + 4 = ___
32 − 5 = ___ ○	○ 19 + 8 = ___
61 − 2 = ___ ○	○ 76 + 6 = ___
85 − 6 = ___ ○	○ 42 + 6 = 48
89 − 7 = ___ ○	○ 70 + 9 = ___

42 − 6 = ___ ○	○ 37 + 9 = ___
68 − 3 = ___ ○	○ 33 + 3 = ___
53 − 7 = ___ ○	○ 62 + 8 = ___
74 − 4 = ___ ○	○ 59 + 6 = ___
91 − 6 = ___ ○	○ 78 + 7 = ___

3 **Aufgabenwerkstatt**

Wähle für jede Aufgabe zwei Zahlenkärtchen.

Finde jeweils drei Plusrechnungen, bei denen das Ergebnis …

a) kleiner als 75 ist.
b) größer als 80 ist.
c) eine Null hat.

23 68 54 41 13

42 12 26 35 25 98

4 **Aufgabenwerkstatt**

Wähle für jede Aufgabe zwei Zahlenkärtchen aus Aufgabe 3.

Finde jeweils drei Minusrechnungen, bei denen das Ergebnis …

a) kleiner als 10 ist. b) größer als 30 ist. c) eine Null hat.

Bleib in Form!

5 **Spiel: Malreihen-Bingo**

4	12	20
16	18	14
2	6	10

Schreibe Zahlen der 2er-Reihe in die Felder.
Du darfst keine Zahl doppelt schreiben.

Partnerspiel: Stellt abwechselnd Malaufgaben. Du darfst das Ergebnis auf deinem Zettel einkreisen. Wer drei in einer Linie hat, gewinnt.

▶ Ü 5–10

Addition und Subtraktion im ZR 100
3) 4) Aufgabenwerkstatt: Hier sind verschiedene Lösungen möglich, auch als Partnerarbeit geeignet.
5) Wiederholung: Malreihe 2

1. Herzlich willkommen!

1 **Finde Rechenpakete.**

a)

34 + 5 = ___
34 + 8 = ___
34 + 11 = ___
___ + ___ = ___

In diesem Rechenpaket bleibt die erste Zahl immer gleich, die zweite Zahl wird immer um 3 größer.

b)

52 + 16 = ___
___ + ___ = ___
___ + ___ = ___
___ + ___ = ___

In diesem Rechenpaket wird die erste Zahl immer um eins größer, die zweite Zahl immer um 2 größer.

c)

15 + 21 = ___
___ + ___ = ___
___ + ___ = ___
___ + ___ = ___

In diesem Rechenpaket wird die erste Zahl immer um fünf größer, die zweite Zahl bleibt gleich.

d)

___ + ___ = ___
___ + ___ = ___
___ + ___ = ___
___ + ___ = ___

In diesem Rechenpaket wird die erste Zahl immer um eins kleiner, die zweite Zahl wird immer um eins größer.

2 **Beschreibe die Rechenpakete.**

a)

34 + 5 = ___
35 + 5 = ___
36 + 5 = ___
37 + 5 = ___

Bei diesem Rechenpaket ___

b)

27 + 10 = ___
27 + 15 = ___
27 + 20 = ___
27 + 25 = ___

c)

54 + 17 = ___
53 + 20 = ___
52 + 23 = ___
51 + 26 = ___

3 **Aufgabenwerkstatt**

Erfinde weitere Rechenpakete …

Addition im Zahlenraum 100
3) Aufgabenwerkstatt: Hier sind verschiedene Lösungen möglich, auch als Partnerarbeit geeignet.

1. Herzlich willkommen!

1 **In der Nähe des Schlosses ist ein Zoo. Der Zoodirektor plant voraus. Wie viele Tiere wird er im nächsten Jahr haben? Rechne im Heft.**

a) Im Zoo leben 45 Lamas. Im Herbst werden sieben Lamas zur Welt kommen. Wie viele Lamas sind es dann?

1 a) R: 45 + 7 = 52
A: Nächstes Jahr sind es 52 Lamas.

b) Bis gestern waren 72 Gänse im See des Tierparks. Heute sind neun Gänse weggeflogen.

Ein übersichtliches Heft hilft dir, Fehler zu vermeiden!

c) Im Gehege der Zebras sind 18 Männchen und sieben Weibchen. Der Direktor will so viele Männchen verkaufen, dass im nächsten Jahr gleich viele Männchen wie Weibchen im Zoo leben.

d) Im Vogelhaus gibt es 14 verschiedene Arten von Papageien. Insgesamt leben 54 Papageien im Zoo. Im Herbst kommen noch weitere neun Papageien von einer Insel.

e) Der Zoo besitzt 24 Schlangen. Sieben davon sind giftig. Die giftigen werden verkauft.

f) Im Zoo leben sechs Löwen. Sie haben drei Junge. Wie viele Tiger sind im Nebengehege?

g) Der Zoodirektor möchte wieder 20 Nashörner im Zoo haben. Dazu wird er im nächsten Jahr noch 7 Tiere kaufen. Wie viele Nashörner leben jetzt schon im Zoo?

2 **Aufgabenwerkstatt**

Sachaufgaben zum Zoo

a) Denke dir selbst eine Aufgabe zum Zoo aus.

b) Beschreibe oder zeichne, wie du deine Aufgabe gelöst hast.

c) Stelle deine Aufgabe einem anderen Kind vor.

Bleib in Form!

3 a) **Malreihen-Bingo**
Zahlen der 2er-Reihe

b) **Rechne.**

3 · 2 = ___ 5 · 2 = ___
7 · 2 = ___ 6 · 2 = ___
9 · 2 = ___ 4 · 2 = ___
0 · 2 = ___ 10 · 2 = ___
2 · 2 = ___ 1 · 2 = ___

c) **Rechne.**

12 : 2 = ___ 10 : 2 = ___
8 : 2 = ___ 2 : 2 = ___
20 : 2 = ___ 18 : 2 = ___
4 : 2 = ___ 14 : 2 = ___
16 : 2 = ___ 6 : 2 = ___

▶ Ü 5–10

Sachaufgaben zur Addition und Subtraktion
1) Achtung: Nicht alle Aufgaben können gelöst werden
2) Aufgabenwerkstatt: Hier sind verschiedene Lösungen möglich, auch als Partnerarbeit geeignet.
3) Wiederholung: Malreihe 2, Teilen durch 2

1. Herzlich willkommen!

Balkenmodelle: Teile-Ganzes-Modell

Das Teile-Ganzes-Modell zeigt dir,
wie zwei Teile zusammen ein Ganzes bilden können.

Ganzes

Teil 1 Teil 2

1 **Rechne immer das Ganze aus.**

17: 11 | 6

___: 8 | 4

___: 3 | 3

___: 5 | 15

___: 19 | 3

___: 7 | 16

___: 2 | 8

2 **Rechne immer den fehlenden Teil aus.**

16: 9 | 7

19: 14 | ___

15: ___ | 8

22: ___ | 16

13: ___ | 4

11: 5 | ___

10: ___ | 1

3 **Kreuze die richtigen Antworten an.**

a) Ein Bauer hat 12 Schweine und 7 Kühe.
Wie viele Tiere sind das insgesamt?

❏ 12 Tiere ❏ 15 Tiere ❏ 19 Tiere

?: 12 | 7

b) Tarik hat neun Mäuse, Viktoria hat fünf Mäuse.
Wie viele Mäuse haben sie zusammen?

❏ 4 Mäuse ❏ 14 Mäuse ❏ 95 Mäuse

?: 9 | 5

c) Anna hat 12 rote, 10 blaue und 8 grüne Fische.
Wie viele Fische bleiben ihr, wenn sie die grünen Fische verschenkt?

❏ 10 Fische ❏ 22 Fische ❏ 30 Fische

?: 12 | 10 | 8

▶ Ü 5–10

Einführung Balkenmodelle: Teile-Ganzes-Modell
Die Balken zeigen das Verhältnis der Zahlen zueinander. Sie werden als Skizzen verwendet und müssen daher nicht maßstabsgetreu sein.

1. Herzlich willkommen!

Relationszeichen

 < ist kleiner als 

 = ist gleich 

 > ist größer als 

1 **Setze <, > oder = richtig ein.**

40 + 20 __>__ 50	60 − 10 ____ 50	60 ____ 20 + 40	10 ____ 80 − 80
30 + 70 ____ 80	100 − 50 ____ 60	20 ____ 30 + 30	30 ____ 100 − 70
50 + 30 ____ 90	90 − 80 ____ 40	70 ____ 50 + 50	20 ____ 30 − 10
20 + 60 ____ 40	50 − 50 ____ 100	80 ____ 20 + 60	60 ____ 90 − 20
80 + 10 ____ 90	70 − 30 ____ 40	90 ____ 80 + 20	40 ____ 60 − 20
40 + 40 ____ 20	80 − 30 ____ 30	50 ____ 30 + 10	50 ____ 50 − 30

2 **Berechne die gesuchten Zahlen.**

a) Welche Zahl ist um 5 größer als 32? ____

b) Welche Zahl ist um 12 kleiner als 64? ____

c) Welche Zahl ist um 20 kleiner als 81? ____

d) Welche Zahl ist um 53 größer als 16? ____

e) Welche Zahl ist um 34 kleiner als 75? ____

f) Welche Zahl ist um 41 größer als 56? ____

3 **Würfelspiel: 35 – runter**

Schreibe die Zahl 35 auf einen Zettel. Wirf einen Würfel.
Zieh die geworfene Zahl ab. Schreibe die neue Zahl auf den Zettel.
Würfle so oft, bis du genau auf 0 kommst.

Das Spiel kannst du auch mit anderen Kindern um die Wette spielen!

Bleib in Form!

4 a) **Malreihen-Bingo**
Zahlen der 3er-Reihe

b) **Rechne.**

9 · 3 = ____ 6 · 3 = ____
8 · 3 = ____ 10 · 3 = ____
7 · 3 = ____ 5 · 3 = ____
3 · 3 = ____ 2 · 3 = ____
1 · 3 = ____ 0 · 3 = ____

c) **Rechne.**

15 : 3 = ____ 18 : 3 = ____
6 : 3 = ____ 30 : 3 = ____
21 : 3 = ____ 12 : 3 = ____
9 : 3 = ____ 3 : 3 = ____
27 : 3 = ____ 24 : 3 = ____

▶ Ü 5–10

Relationszeichen, Addition und Subtraktion im ZR 100
3) Variationen: Andere Ausgangszahl, Summe zweier Würfel abziehen.
4) Wiederholung: Malreihe 3, Teilen durch 3

1 Lies den Zeitungsausschnitt und beantworte die Fragen.

1–2

Sensation beim königlichen Kinderradrennen!

Die 40 jungen Sportlerinnen und Sportler wurden schon beim Start von 300 begeisterten Fans angefeuert. Entlang der 14 km langen Strecke sahen weitere 200 Menschen zu. Nach einem Massensturz mussten leider fünf Kinder aufgeben. Kurz vor dem Ziel erlebten 500 Fans dann einen unglaublichen Zielsprint.

Die erst neunjährige Babsi überholte die gesamte Spitzengruppe und gewann das Rennen. Ihre Siegerzeit von 42 Minuten und 14 Sekunden bedeutete neuen Rekord. Im Anschluss an das Rennen fand ein großes Fest mit Tombola statt. Dabei wurden 700 € eingenommen. Dieses Jahr wurde das Geld für ein behindertengerechtes Fahrrad gespendet. Das Fahrrad kostete 900 €. Prinz Cedric versprach: „Das fehlende Geld bezahle ich aus unserer Schatzkasse."

a) Wer hat das Rennen gewonnen? Babsi

b) Wie viele Sportlerinnen und Sportler kamen ins Ziel? ____________

c) Wie viele Fans waren dabei? ____________

d) Wie lange ist die Siegerin gefahren? ____________

e) Wie viel Geld wurde beim Fest eingenommen? ____________

f) Wofür wurde das Geld gespendet?

❑ behindertengerechtes Fahrrad ❑ Rollstuhl ❑ Treppenlift

g) Wie viel muss Prinz Cedric bezahlen? ____________

2 Wie viel kosten diese Sportgeräte? Schreibe eine Liste.
Beginne beim billigsten Sportgerät.

1. Fußball: 69 €
2. ____________

____

____

Textverständnis, Vorbereitung Zahlenraum 1000
1) Dazu gibt es eine mathematische Abenteuergeschichte.

1 **Welche Zahlen sind hier dargestellt?**

a)

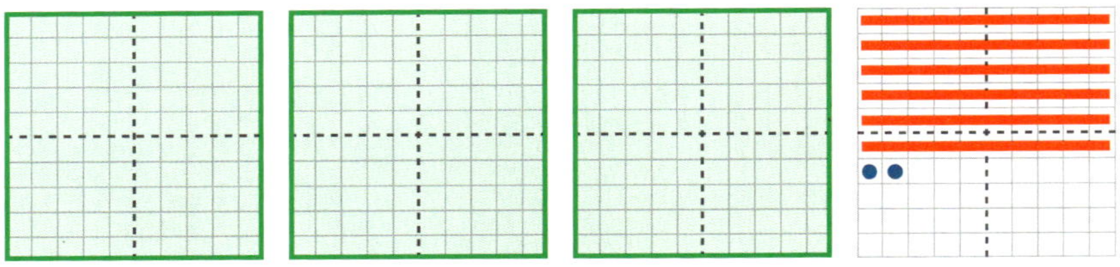

3H 6Z 2E = 362

b)

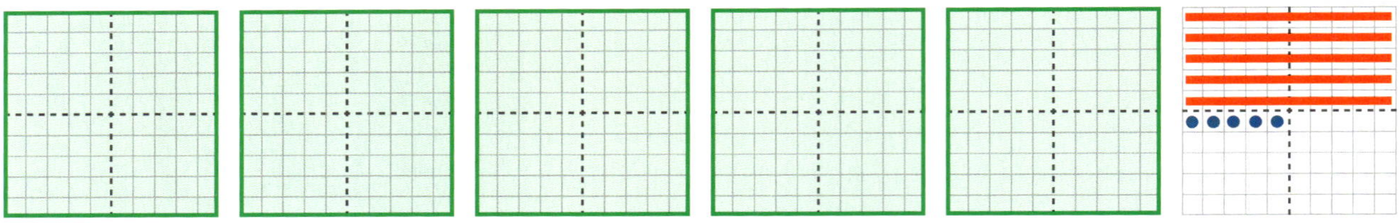

____

c)

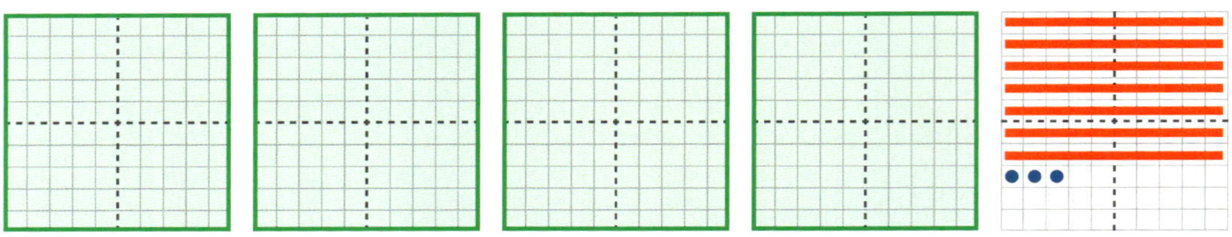

____

2 **Lege und sprich diese Zahlen.**

a) 400
b) 130
c) 215
d) 607
e) 360
f) 385
g) 201
h) 540
i) 193
j) 402

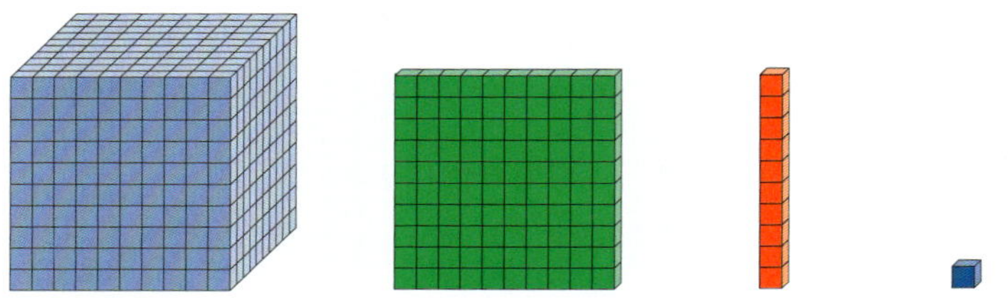

Tausender Hunderter Zehner Einer

10 Hunderter = 1 Tausender

Bleib in Form!

3 a) **Malreihen-Bingo**
Zahlen der 4er-Reihe

b) **Rechne.**

6 · 4 = ____ 4 · 4 = ____
9 · 4 = ____ 7 · 4 = ____
2 · 4 = ____ 5 · 4 = ____
1 · 4 = ____ 0 · 4 = ____
3 · 4 = ____ 8 · 4 = ____

c) **Rechne.**

8 : 4 = ____ 40 : 4 = ____
24 : 4 = ____ 32 : 4 = ____
20 : 4 = ____ 16 : 4 = ____
12 : 4 = ____ 28 : 4 = ____
36 : 4 = ____ 4 : 4 = ____

▶ Ü 11–18

Zahlenraum 1000, Stellenwertsystem
1) Den Kinder wird Legematerial zur Verfügung gestellt.
3) Wiederholung: Malreihe 4, Teilen durch 4

1 Welche Zahlen sind hier dargestellt?

a)

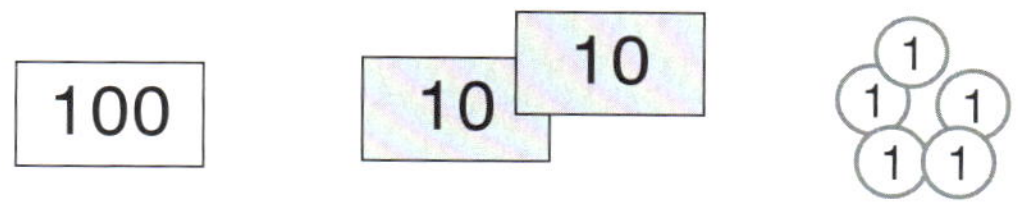

1 Hunderter 2 Zehner 5 Einer

H	Z	E
1	2	5

c)

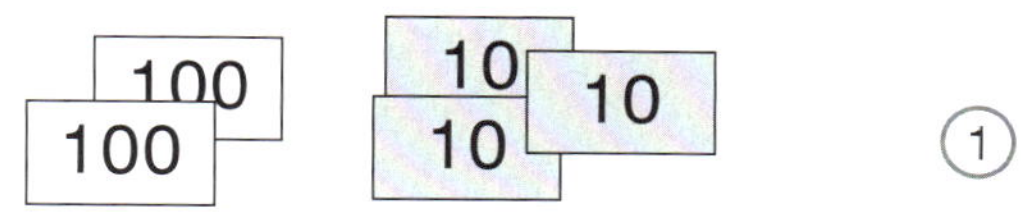

___ Hunderter ___ Zehner ___ Einer

H	Z	E

b)

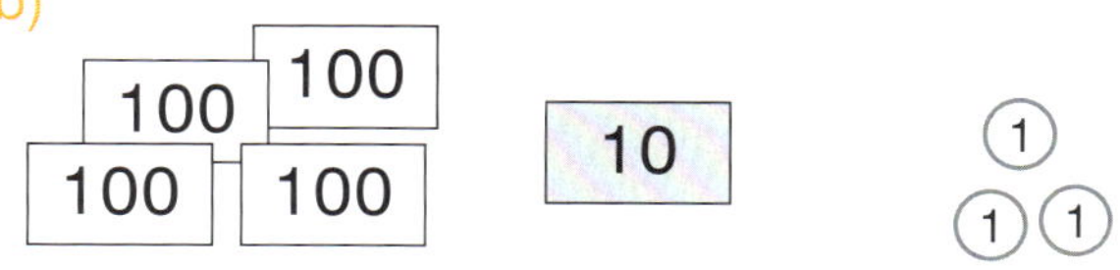

___ Hunderter ___ Zehner ___ Einer

H	Z	E

d)

___ Hunderter ___ Zehner ___ Einer

H	Z	E

2 Welche Zahlen sind hier dargestellt? Schreibe die Rechnungen und die Zahlen.

a)

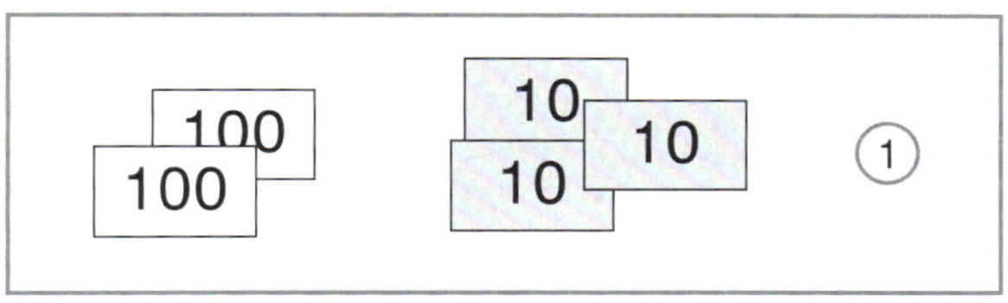

2 H + 3 Z + 1 E = 200 + 30 + 1 = 231

b)

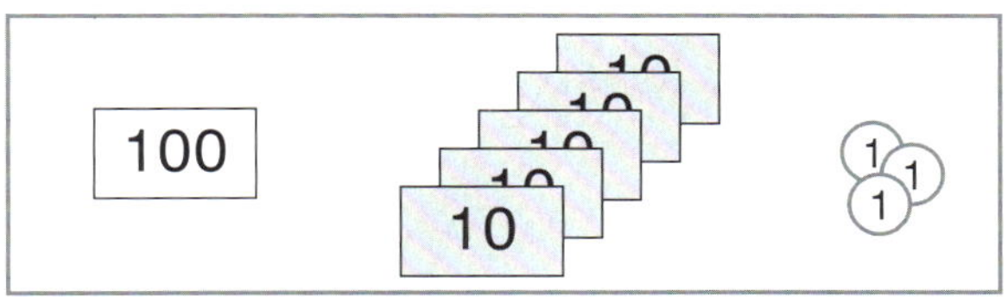

____________ = ____________ = ________

c)

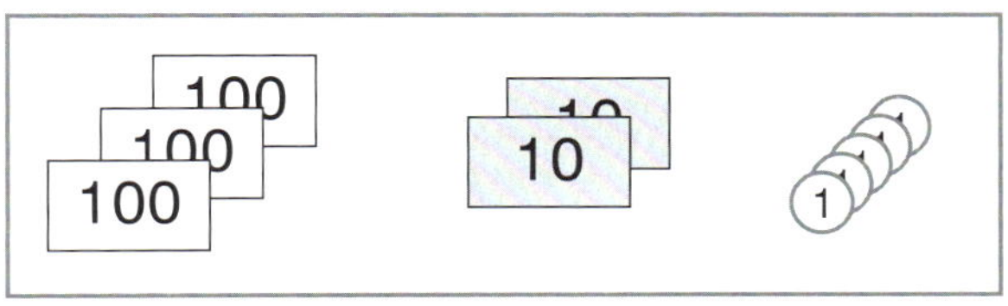

____________ = ____________ = ________

d)

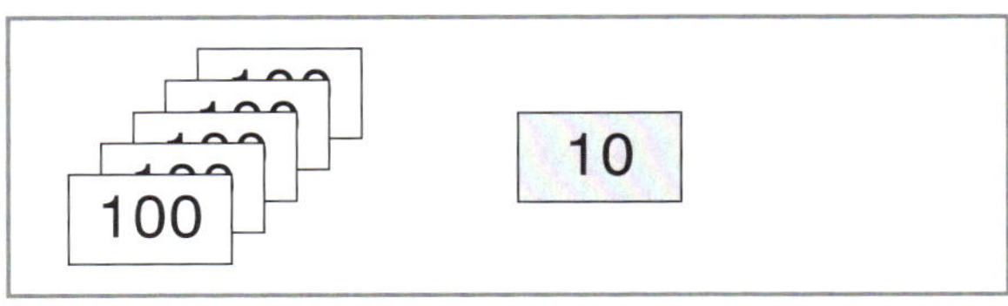

____________ = ____________ = ________

Ü 11–18

Zahlenraum 1000, Stellenwertsystem
1) 2) Den Kinder wird Legematerial zur Verfügung gestellt.

2. Sportlich bis 1000

1 **Schreibe die Rechnungen und die Zahlen. Denke dir selbst Aufgaben aus.**

4 H + 1 Z + 9 E = 400 + 10 + 9 = 419

8 H + 3 Z + 1 E = ______ = ______

3 H + 5 Z + 2 E = ______ = ______

1 H + 6 Z + 3 E = ______ = ______

______ = ______ = ______

1 H + 0 Z + 5 E = ______ = ______

7 H + 2 Z + 6 E = ______ = ______

4 Z + 3 E = ______ = ______

5 H + 4 Z = ______ = ______

______ = ______ = ______

2 **Schreibe die Zahlen in die Stellenwerttafeln.**

a)

	H	Z	E		
1 H + 7 Z →	1	7	0	→	170
5 Z + 8 E →				→	
3 H + 2 E →				→	
4 H + 1 Z →				→	
9 Z + 6 E →				→	
8 H + 1 E →				→	
2 H + 8 Z →				→	

b)

	H	Z	E		
6 E + 2 H →				→	
3 Z + 9 H →				→	
4 E + 1 Z →				→	
7 E + 6 H →				→	
5 Z + 3 H →				→	
1 E + 8 Z →				→	
2 Z + 4 H →				→	

3 **Schreibe die Rechnungen und die Zahlen.**

5 Z 12 E = 6Z + 2E = 62

17 Z 3 E = 1H + 7Z + 3E = ______

2 Z 65 E = ______ = ______

4 H 30 Z = ______ = ______

2 Z 71 E = ______ = ______

38 Z 14 E = ______ = ______

3 H 19 Z = ______ = ______

2 H 80 E = ______ = ______

Bleib in Form!

4 a) **Malreihen-Bingo**
Zahlen der 5er-Reihe

b) **Rechne.**

1 · 5 = ____
10 · 5 = ____
8 · 5 = ____
3 · 5 = ____
9 · 5 = ____

5 · 5 = ____
2 · 5 = ____
7 · 5 = ____
6 · 5 = ____
4 · 5 = ____

c) **Rechne.**

15 : 5 = ____
5 : 5 = ____
30 : 5 = ____
45 : 5 = ____
10 : 5 = ____

40 : 5 = ____
35 : 5 = ____
20 : 5 = ____
50 : 5 = ____
25 : 5 = ____

Ü 11–18

Zahlenraum 1000, Stellenwertsystem
1) 2) 3) Den Kindern wird Legematerial zur Verfügung gestellt.
4) Wiederholung: Malreihe 5, Teilen durch 5

2. Sportlich bis 1000

1 Schreibe die gesuchten Zahlen in die Kästchen.

a)

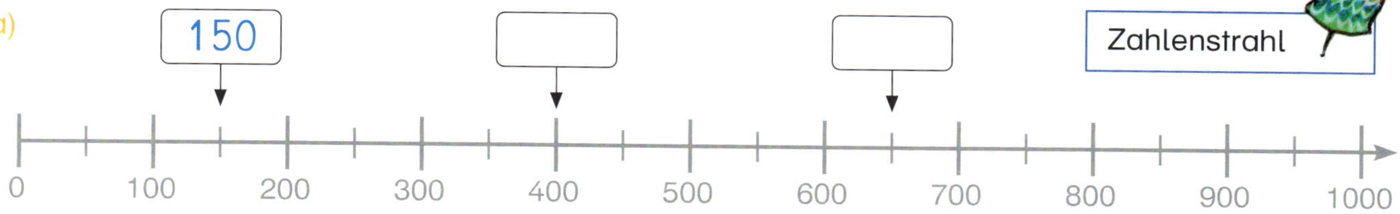

b)

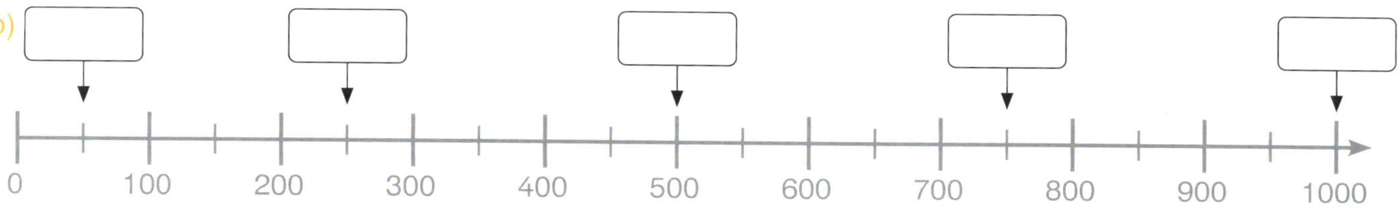

c)

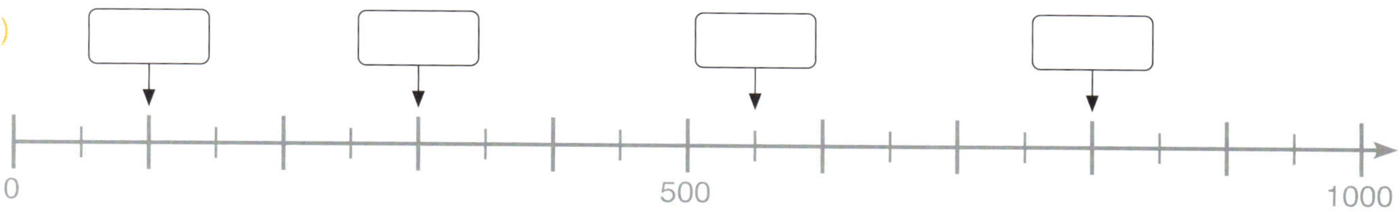

d)

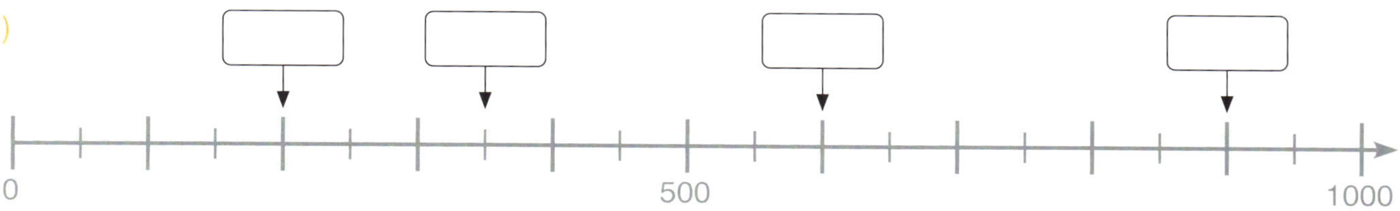

2 Markiere folgende Zahlen mit einem Pfeil. Schreibe die Zahl zum Pfeil.

a) 412, 425, 448, 470, 485, 492

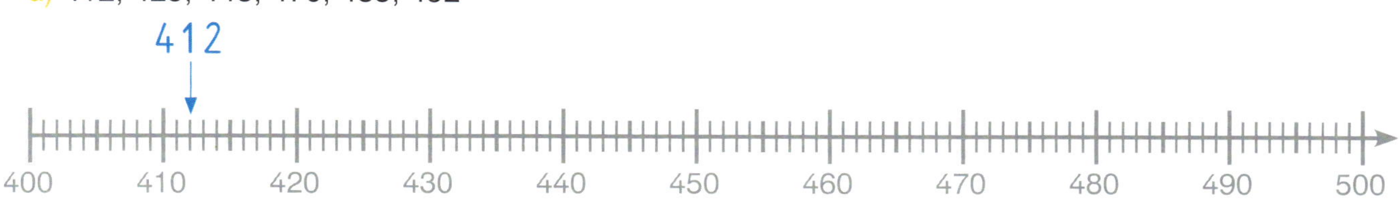

b) 705, 716 ,733, 751, 777, 793

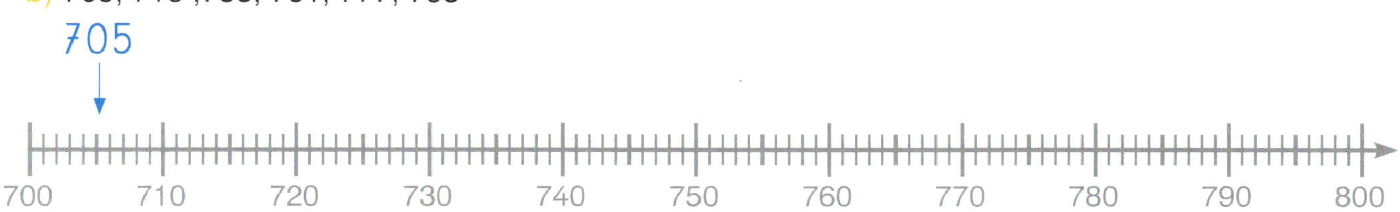

c) 210, 225, 247, 263, 274, 289

→ Ü 11–18 Zahlenstrahl

2. Sportlich bis 1000

1 **Am Schulsporttag haben die Kinder bei verschiedenen Spielen mitgemacht und Punkte gesammelt.**

Ab 500 erreichten Punkten gibt es verschiedene Abzeichen:

Punkte	Abzeichen
bis 499	keines
500 bis 599	○
600 bis 699	○
ab 700	○

Trage die Abzeichen in die Liste ein.

Name	Punkte	Abzeichen
Mariama Badjan	612	○
Josef Holzinger	590	○
Boran Maric	735	
Liselotte Nagy	802	
David Exl	576	
Ruby Mac Guaires	474	
Laura Stefely	726	
Tobias Stauss	548	
Eva Bakula	624	
Reinhard Findeis	498	
Nina Gregorits	562	
Fatma Yagin	649	
Sylvia Katschnig	695	
Felix Kerbl	700	

2 **Finde die richtigen Zahlen.**

a) Welche Zahl ist um 1 kleiner als 50? ____

b) Welche Zahl ist um 1 kleiner als 100? ____

c) Welche Zahl ist um 10 kleiner als 480? ____

d) Welche Zahl ist um 100 kleiner als 750? ____

e) Welche Zahl ist um 10 größer als 370? ____

f) Welche Zahl ist um 100 größer als 250? ____

g) Welche Zahl ist um 1 größer als 899? ____

h) Welche Zahl ist um 2 größer als 539? ____

Bleib in Form!

3 a) **Malreihen-Bingo**
Zahlen der 6er-Reihe

b) **Rechne.**

2 · 6 = ____	4 · 6 = ____
10 · 6 = ____	0 · 6 = ____
3 · 6 = ____	8 · 6 = ____
5 · 6 = ____	9 · 6 = ____
7 · 6 = ____	6 · 6 = ____

c) **Rechne.**

24 : 6 = ____	54 : 6 = ____
42 : 6 = ____	48 : 6 = ____
12 : 6 = ____	0 : 6 = ____
60 : 6 = ____	36 : 6 = ____
6 : 6 = ____	30 : 6 = ____

Rechnen mit Hundertern

1 Rechne.

a) 100 100

200 + 300 = 500

c) 100 100

500 + 500 = ______

b) 100 100

600 + 300 = ______

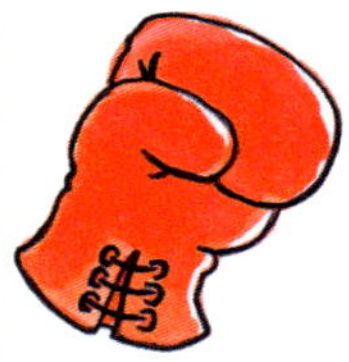

d) 100 100

100 + 600 = ______

2 Rechne.

300 + 500 = 800 | 700 + 300 = ______ | 300 + 400 = ______ | 600 + 200 = ______

200 + 200 = ______ | 100 + 800 = ______ | 500 + 400 = ______ | 400 + 600 = ______

3 Rechne.

800 - 300 = 500 | 600 - 500 = ______ | 700 - 400 = ______ | 500 - 200 = ______

300 - 200 = ______ | 400 - 100 = ______ | 1000 - 600 = ______ | 400 - 400 = ______

4 Rechne.

100 100 100 — 3 · 200 = ______

100 100 — 2 · 400 = ______

100 100 100 100 — 4 · 100 = ______

5 Rechne.

100 100 100 / 100 100 100 — 600 : 2 = ______

100 100 100 / 100 100 100 / 100 100 100 — 900 : 3 = ______

100 100 / 100 100 — 400 : 2 = ______

2. Sportlich bis 1000

1 Rechne und ergänze die fehlenden Rechnungen.

200 + 1 = 201 | 500 + 4 = ___ | 300 + 7 = ___ | 600 + 3 = ___
200 + 10 = 210 | 500 + 40 = ___ | 300 + ___ | ___
200 + 100 = ___ | 500 + ___ | ___ | ___

2 Rechne und ergänze die fehlenden Rechnungen.

400 - 3 = 397 | 700 - 4 = ___ | 800 - 6 = ___ | 100 - 1 = ___
400 - 30 = 370 | 700 - 40 = ___ | 800 - ___ | ___
400 - 300 = ___ | 700 - ___ | ___ | ___

3 Ergänze die Zahlen in der Rechenkette.

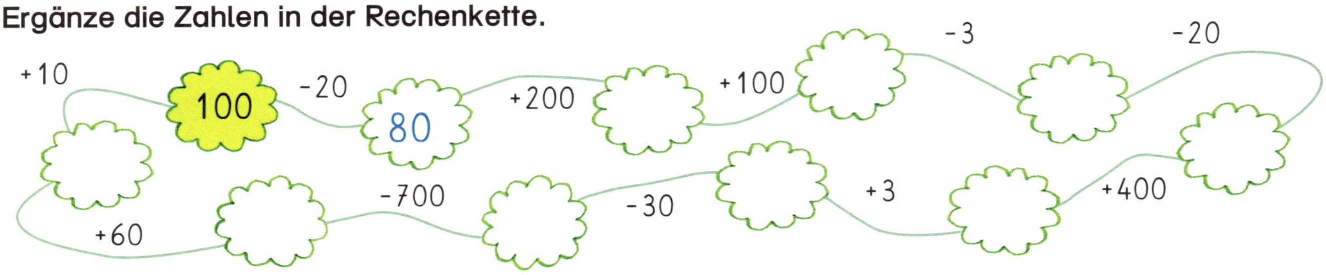

4 Rechne. Was fällt dir auf?

51 + 20 = 71 | 64 + 30 = ___ | 41 + 50 = ___ | 29 + 60 = ___
351 + 20 = 371 | 764 + 30 = ___ | 241 + 50 = ___ | 729 + 60 = ___

81 - 50 = ___ | 97 - 70 = ___ | 58 - 40 = ___ | 73 - 60 = ___
481 - 50 = ___ | 597 - 70 = ___ | 958 - 40 = ___ | 173 - 60 = ___

Bleib in Form!

5 a) **Malreihen-Bingo**
Zahlen der 7er-Reihe

b) **Rechne.**

2 · 7 = ___ | 6 · 7 = ___
8 · 7 = ___ | 10 · 7 = ___
4 · 7 = ___ | 3 · 7 = ___
7 · 7 = ___ | 9 · 7 = ___
0 · 7 = ___ | 5 · 7 = ___

c) **Rechne.**

7 : 7 = ___ | 35 : 7 = ___
63 : 7 = ___ | 14 : 7 = ___
56 : 7 = ___ | 42 : 7 = ___
70 : 7 = ___ | 0 : 7 = ___
21 : 7 = ___ | 49 : 7 = ___

▸ Ü 11–18

Zahlenraum 1000
Analogieaufgaben Plus und Minus
5) Wiederholung: Malreihe 7, Teilen durch 7

3. Zahlen rund um die Schule

1 1–3

Cedric hat in seinem Königreich eine Schule gegründet. Die Kinder berichten darüber. Lies, was sie sagen. Zeichne Balkenmodelle dazu.

In unserer Klasse sind 11 Mädchen und 7 Buben.

9 Kinder haben eine Schultasche. Genauso viele haben einen Rucksack.

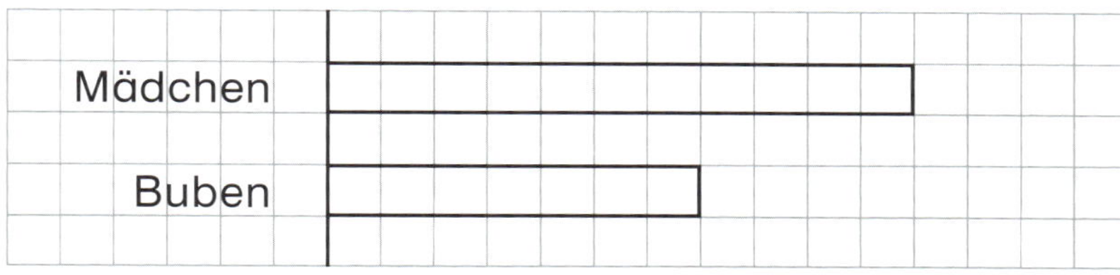

6 Kinder tragen eine Brille, 12 Kinder tragen keine Brille.

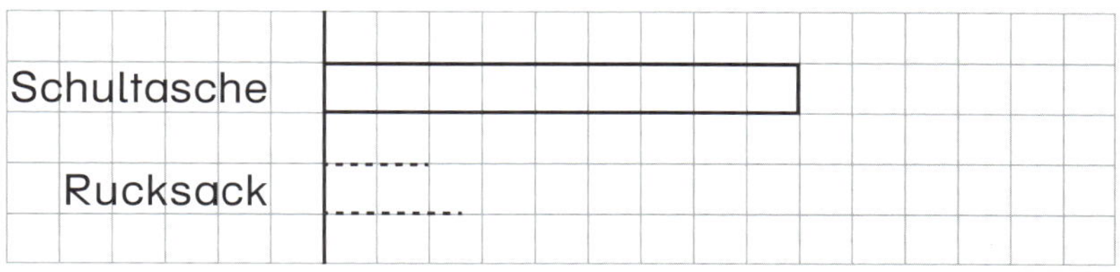

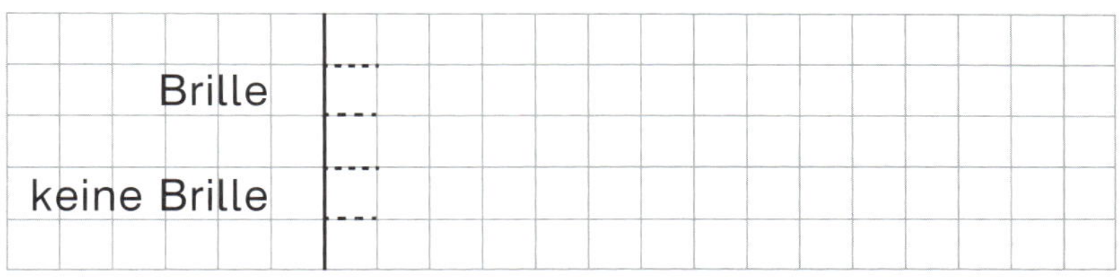

10 Kinder sind Christen, 5 sind Muslime und 3 Kinder sind ohne Bekenntnis.

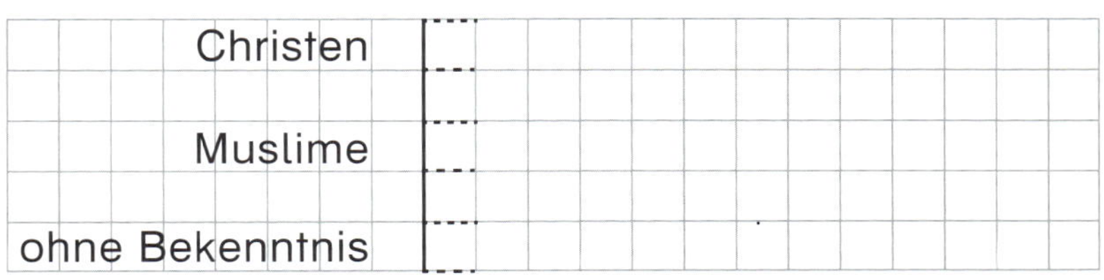

8 Kinder haben Geschwister, 10 Kinder haben keine Geschwister.

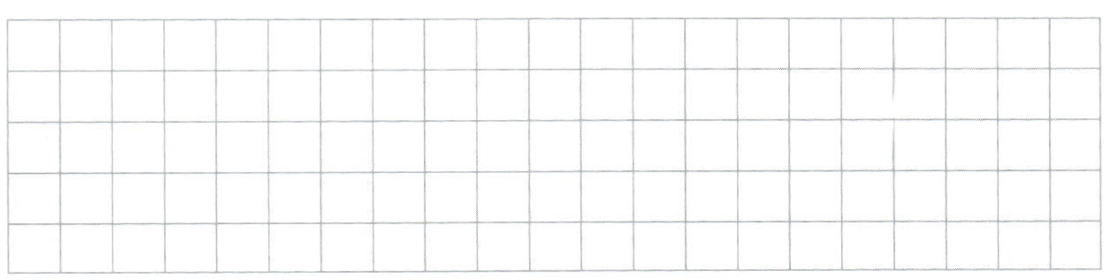

Ü 19–24

Daten sammeln und darstellen: Streifendiagramme 1) Dazu gibt es eine mathematische Abenteuergeschichte.
Die Balken zeigen das Verhältnis der Zahlen zueinander. Sie werden als Skizzen verwendet und müssen daher nicht maßstabsgetreu sein.
Bei einfachen Aufgaben ist das Zählen und Verwenden der Kästchen allerdings hilfreich.

Schlüsselbild

„Schlüsselbilder“ enthalten verschlüsselte Informationen. Kannst du ein Schlüsselbild malen oder Schlüsselbilder anderer Kinder entziffern?

1 **Schau die Schlüsselbilder von Cedric, Jela und Marcel an. Was kannst du mit Hilfe der Schlüsselfragen über sie herausfinden?**

Schlüsselfragen

a) Bist du ein Mädchen oder ein Bub?

	Mädchen	Bub
Male die Wand an:	grün	blau

b) Neben wem würdest du gerne sitzen?

	Mädchen	Bub	alleine
Male das Dach an:	hellgrün	hellblau	gelb

c) Welche Tasche hast du für deine Schulsachen?

	Schultasche	Rucksack	etwas anderes
Male die Tür an:	schwarz	braun	rot

d) Bist du Rechts- oder Linkshänder?

	Rechtshänder	Linkshänder
Male das Fenster an:	gelb	hellblau

Bleib in Form!

2 a) **Malreihen-Bingo**
Zahlen der 8er-Reihe

b) **Rechne.**

$1 \cdot 8 =$ ___ $3 \cdot 8 =$ ___
$5 \cdot 8 =$ ___ $9 \cdot 8 =$ ___
$7 \cdot 8 =$ ___ $6 \cdot 8 =$ ___
$4 \cdot 8 =$ ___ $10 \cdot 8 =$ ___
$8 \cdot 8 =$ ___ $2 \cdot 8 =$ ___

c) **Rechne.**

$32 : 8 =$ ___ $80 : 8 =$ ___
$72 : 8 =$ ___ $56 : 8 =$ ___
$16 : 8 =$ ___ $24 : 8 =$ ___
$0 : 8 =$ ___ $48 : 8 =$ ___
$64 : 8 =$ ___ $40 : 8 =$ ___

▶ Ü 19–24

Daten darstellen, sammeln und auswerten mit Schlüsselbildern
Mit Hilfe der Schlüsselfragen kann man herausfinden, was Cedric, Jela und Marcel geantwortet haben.
Die Übung wird auf S. 21 weitergeführt.
2) Wiederholung: Malreihe 8, Teilen durch 8

3. Zahlen rund um die Schule

1 **Gestalte dein eigenes Schlüsselbild mit den Schlüsselfragen von Seite 20.**

2 **Schau die Schlüsselbilder aller Kinder in deiner Klasse an.**
Male für jedes Bild ein Kästchen an.

Balkendiagramm

a) So viele Mädchen und Buben gehen in meine Klasse.

Mädchen:
Buben:

b) So viele Kinder haben eine Schultasche, einen Rucksack oder eine andere Tasche.

Schultasche:
Rucksack:
etwas anderes:

c) So teilen sich die Links- und Rechtshänder in meiner Klasse auf.

Linkshänder:
Rechtshänder:

3 **Schau die Balkendiagramme aus Übung 2 an und beantworte die Fragen.**

a) Gehen mehr Mädchen oder mehr Buben in deine Klasse? A: ______________________

b) Was ist die beliebteste Taschenart in deiner Klasse? A: ______________________

c) Wie viele Kinder deiner Klasse sind Linkshänder? A: ______________________

▶ Ü 19–24

1) Jedes Kind bemalt passend zu seinen Antworten sein Schlüsselbild oder zeichnet selbst ein Haus.
2) 3) Für die Auswertung der Ergebnisse ist es hilfreich, die fertigen Bilder aus 1) nebeneinander aufzulegen.

3. Zahlen rund um die Schule

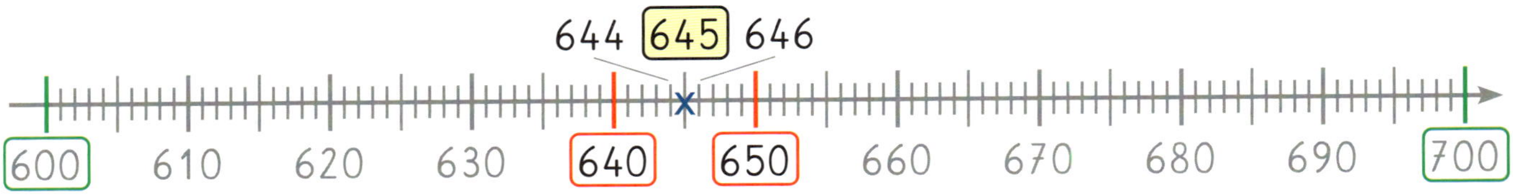

Einernachbarn	644	645	646
Zehnernachbarn	640	645	650
Hunderternachbarn	600	645	700

Nachbarzahlen

1 **Schreibe die Einer-, Zehner- und Hunderternachbarn in die Felder.**

751	752			364			976	
750	752			364			976	
700	752			364			976	
437	438			293			845	
	438			293			845	
	438			293			845	

2 **Schreibe die Einernachbarn zu den Zahlen.**

a) 478 b) 231 c) 720 d) 559

a) 477, 478, 479

3 **Finde 3 Zahlen, die die Zehnernachbarn 340 und 350 haben.** ______

4 **Finde 3 Zahlen, die die Hunderternachbarn 700 und 800 haben.** ______

Bleib in Form!

5 a) **Malreihen-Bingo**
Zahlen der 9er-Reihe

b) **Rechne.**

$6 \cdot 9 =$ ___ $1 \cdot 9 =$ ___
$7 \cdot 9 =$ ___ $5 \cdot 9 =$ ___
$3 \cdot 9 =$ ___ $2 \cdot 9 =$ ___
$8 \cdot 9 =$ ___ $0 \cdot 9 =$ ___
$9 \cdot 9 =$ ___ $4 \cdot 9 =$ ___

c) **Rechne.**

$27 : 9 =$ ___ $54 : 9 =$ ___
$90 : 9 =$ ___ $81 : 9 =$ ___
$18 : 9 =$ ___ $36 : 9 =$ ___
$45 : 9 =$ ___ $72 : 9 =$ ___
$63 : 9 =$ ___ $9 : 9 =$ ___

▶ Ü 19–24

Orientierung im Zahlenraum 1000, Nachbarzahlen. Weisen Sie die Kinder darauf hin, dass statt „Einernachbarn" häufig nur der Begriff „Nachbarzahlen" verwendet wird.

Runden auf ganze Zehner

Bei 0, 1, 2, 3, 4 an der **Einer**stelle runden wir ab,
bei 5, 6, 7, 8, 9 an der **Einer**stelle runden wir auf.

0 1 2 3 4 ← abrunden | 5 6 7 8 9 → aufrunden

1 **Runde die Zahlen auf ganze Zehner.**

678 ≈ 680	293 ≈ ____	275 ≈ ____
314 ≈ ____	465 ≈ ____	743 ≈ ____
501 ≈ ____	876 ≈ ____	827 ≈ ____
996 ≈ ____	752 ≈ ____	369 ≈ ____

Zwei Wellenlinien spricht man: **„ungefähr"** ≈

Runden auf ganze Hunderter

Bei 0, 1, 2, 3, 4 an der **Zehner**stelle runden wir ab,
bei 5, 6, 7, 8, 9 an der **Zehner**stelle runden wir auf.

runden, gerundet, abrunden, aufrunden

2 **Runde die Zahlen auf ganze Hunderter.**

726 ≈ 700	132 ≈ ____	961 ≈ ____	948 ≈ ____	174 ≈ ____
361 ≈ ____	790 ≈ ____	453 ≈ ____	67 ≈ ____	639 ≈ ____

3 **Zeichne Balken zu den Zahlen.**
Runde dabei auf ganze Hunderter.
Zeichne für jeden Hunderter ein Kästchen.

382, 805, 561, 785, 143, 547, 498, 731

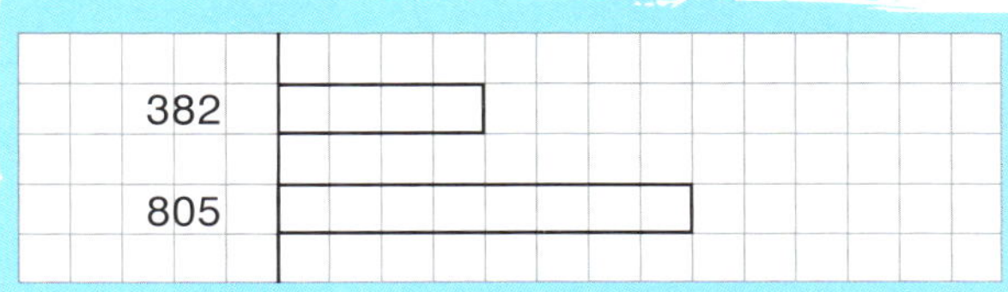

4 **Ergänze die Zahlen in der Tabelle.**

	a)	b)	c)	d)	e)
Zahl	274	816	563	179	405
gerundet auf ganze Zehner	270				
gerundet auf ganze Hunderter					

5 **Finde passende Zahlen.**
Gibt es verschiedene Lösungen? Vergleiche mit anderen.

a) Finde eine Zahl die gerundet auf Hunderter die Zahl 800 ergibt.

b) Finde die größtmögliche Zahl, die gerundet auf Zehner die Zahl 120 ergibt.

c) Finde eine Zahl, bei der, wenn du sie auf die nächste Zehnerstelle rundest, das gleiche Ergebnis herauskommt, wie wenn du sie auf die nächste Hunderterstelle rundest.

3. Zahlen rund um die Schule

1 **Zeichne jeden Turm als eine Säule.**
Runde seine Höhe dabei auf ganze Hunderter
und male für jeden Hunderter ein Kästchen an.

A

Millennium Tower
202 m (Wien)

B

Burj Chalifa
828 m (Dubai)

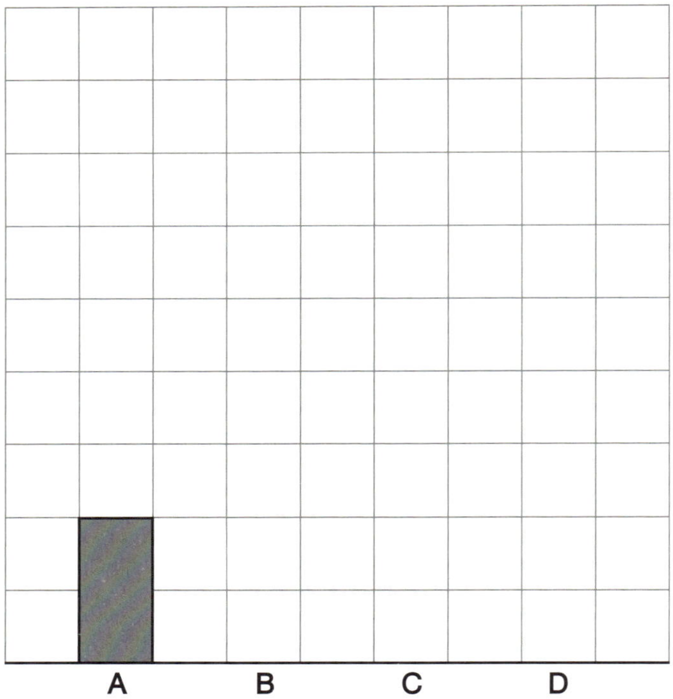

C

Taipei 101
509 m (Taipeh)

D

Eiffelturm
324 m (Paris)

2 **Welches ist das höchste Gebäude in deinem Heimatort?**
Wie hoch ist es?

____

Bleib in Form!

3 a) **Malreihen-Bingo**
Zahlen der 10er-Reihe

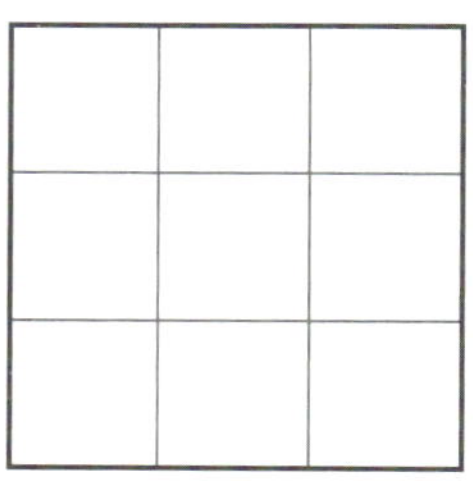

b) **Rechne.**

5 · 10 = ___	10 · 10 = ___
2 · 10 = ___	7 · 10 = ___
6 · 10 = ___	1 · 10 = ___
3 · 10 = ___	9 · 10 = ___
4 · 10 = ___	8 · 10 = ___

c) **Rechne.**

30 : 10 = ___	10 : 10 = ___
50 : 10 = ___	60 : 10 = ___
20 : 10 = ___	40 : 10 = ___
80 : 10 = ___	70 : 10 = ___
90 : 10 = ___	100 : 10 = ___

▶ Ü 19–24
Zahlen darstellen mit Verlgleichsmodellen
3) Wiederholung: Malreihe 10, Teilen durch 10

3. Zahlen rund um die Schule

1 **Überschlage die Ergebnisse.**

Beispiel: 62 + 26 ≈ 90 (60 + 30)

57 + 19 ≈ ___	28 + 56 ≈ ___	125 + 34 ≈ ___
44 + 28 ≈ ___	62 + 17 ≈ ___	354 + 19 ≈ ___
66 + 13 ≈ ___	35 + 43 ≈ ___	503 + 48 ≈ ___
38 + 39 ≈ ___	13 + 88 ≈ ___	262 + 27 ≈ ___

2 **Überschlage die Ergebnisse.**

62 − 19 ≈ ___	95 − 27 ≈ ___	153 − 28 ≈ ___	392 − 59 ≈ ___
89 − 36 ≈ ___	51 − 13 ≈ ___	786 − 41 ≈ ___	566 − 24 ≈ ___
71 − 16 ≈ ___	63 − 44 ≈ ___	428 − 37 ≈ ___	803 − 75 ≈ ___

3 **Überschlage die Ergebnisse, indem du die Zahlen auf ganze 100er rundest.**

Beispiel: 228 + 367 ≈ 600 (200 + 400)

725 + 208 ≈ ___	413 + 191 ≈ ___	924 − 377 ≈ ___	724 − 193 ≈ ___
315 + 391 ≈ ___	563 + 217 ≈ ___	681 − 94 ≈ ___	882 − 431 ≈ ___
576 + 209 ≈ ___	183 + 696 ≈ ___	515 − 239 ≈ ___	605 − 282 ≈ ___

4 **Beantworte die Fragen mit Hilfe von Überschlagsrechnungen.**

a) Tamara hat einen Gutschein im Wert von 500 €.
Sie kauft einen Fernseher um 348 € und einen Lautsprecher um 87 €.
Geht sich das mit dem Gutschein aus?

Überschlag: ______________________ Antwort: ☐ ja ☐ nein

b) Nazar hat 650 €. Er möchte einen Schrank um 492 €
und einen Tisch um 269 € kaufen. Hat er genug Geld?

Überschlag: ______________________ Antwort: ☐ ja ☐ nein

c) Arjeta hat 800 €. Sie möchte ein Fahrrad um 542 €
und einen Anhänger um 136 € kaufen. Hat sie genug Geld?

Überschlag: ______________________ Antwort: ☐ ja ☐ nein

▶ Ü 19–24 Vorteilhaftes Rechnen mit Überschlag

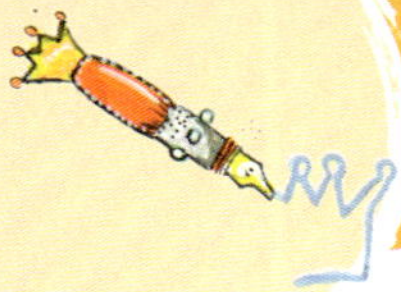

Balkenmodelle: Vergleichsmodell

Beim Vergleichsmodell werden die Balken untereinander gezeichnet. Es hilft dir, Zahlen zu vergleichen.

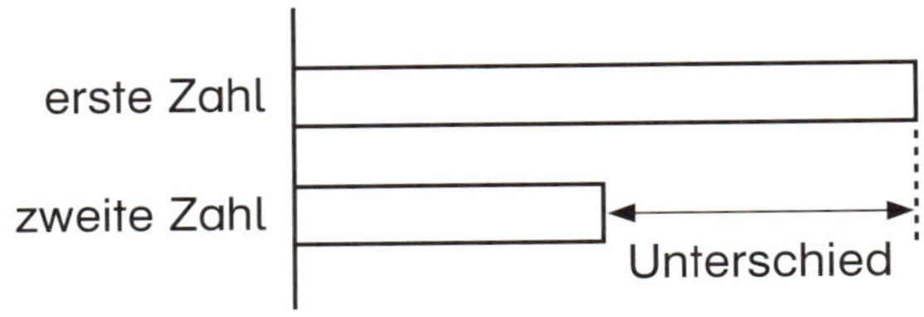

1 **Löse die Aufgaben mit Hilfe der Balkenmodelle.**

a) In Annas Schule sind 85 Mädchen und 69 Buben. Um wie viele Mädchen sind es mehr?

R: 85 - 69 = ______________

A: ______________

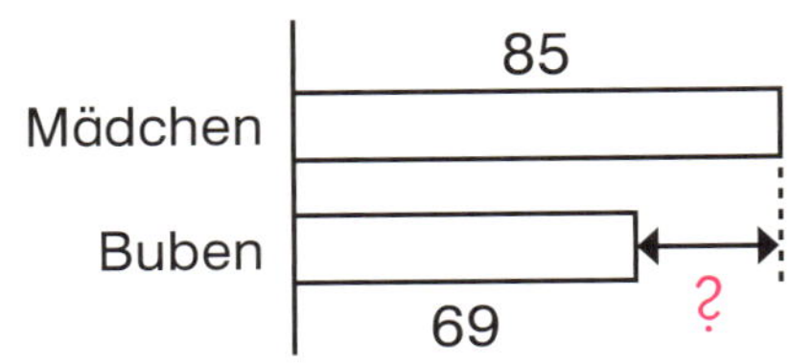

b) Auf dem Parkplatz vor dem Supermarkt stehen 15 Autos. Das sind um 9 Autos mehr als vor der Schule. Wie viele Autos stehen vor der Schule?

R: ______________

A: ______________

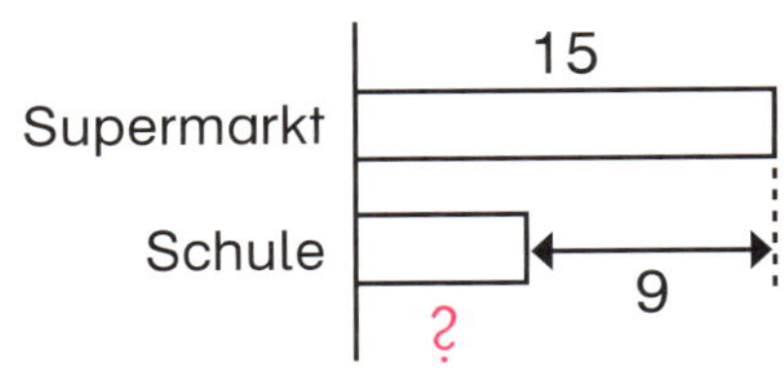

2 **Finde Fragen zu den Rechengeschichten. Stelle die Aufgaben mit Balkenmodellen dar und löse sie. Vergleiche deine Aufgaben und deine Darstellungen mit einem anderen Kind.**

a) Paul hat bei einem Computerspiel 700 Punkte erreicht. Er hat damit den alten Rekord um 200 Punkte übertroffen.

b) Lisa hat bei einem Computerspiel 380 Punkte erreicht, Linda nur 310.

c) Ivan hat bei einem Computerspiel 270 Punkte erreicht. Für die nächste Spielstufe braucht er 320 Punkte.

d) Die Sporthalle der Gemeinde hat Platz für 500 Gäste. Am Mittwoch werden 270 Menschen erwartet.

Bleib in Form!

3 **Finde verschiedene Malrechnungen zu den Zahlen.**

▸ Ü 19–24

Sachaufgaben mit Vergleichsmodellen
Balkenmodelle: Die Länge der Balken muss nicht exakt sein. Größere Zahlen haben jedoch längere Balken als kleinere Zahlen.
3) Wiederholung: Malreihen

4. Figuren und Formen

1 Drei Felder des Schlossparks sind verwüstet.
Cedric und Linn zeichnen einen Plan für den Gärtner.
Hilf ihnen beim Zeichnen.

1–4

2 Welche Formen findest du in den Bildern?
Findest du Symmetrien?

Symmetrie,
symmetrisch,
Dreieck,
Kreis,
Quadrat,
Rechteck

3 Finde Gegenstände zu folgenden Formen:

a) Dreieck
b) Quadrat
c) Rechteck
d) Kreis.

a) Dreiecke: Serviette, ...

4 Finde symmetrische Dinge in deiner Umwelt.

Löffel,

Ü 25–28

Geometrische Figuren, Begriffe, Symmetrie
Wiederholen Sie mit den Kindern die Begriffe im Eulenkasten.
1) Die Kinder übertragen die Zeichnung ins Heft und vervollständigen sie.

1 **Gestalte einen Faltstern.**

Falte einen Bogen Papier zwei Mal.

Zeichne eine Sternvorlage.

Schneide den Stern aus.

Ist der Stern symmetrisch?
Wo sind seine Symmetrieachsen?

2 **Ergänze das Spiegelbild. Die Symmetrieachse ist rot eingezeichnet.**

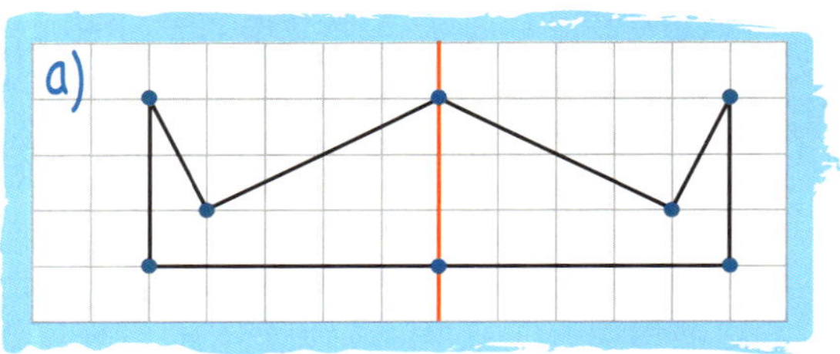

d)

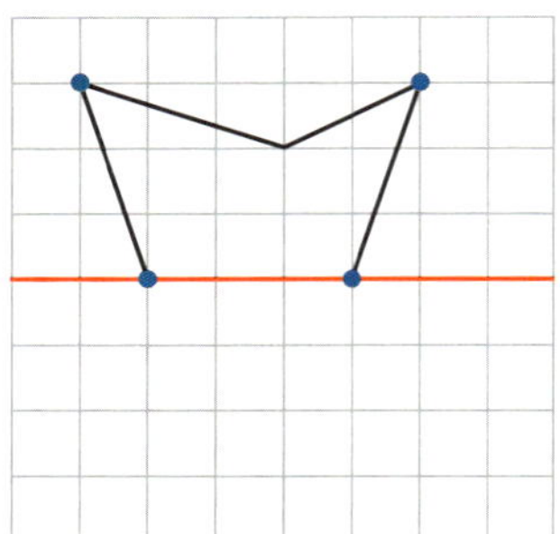

e)

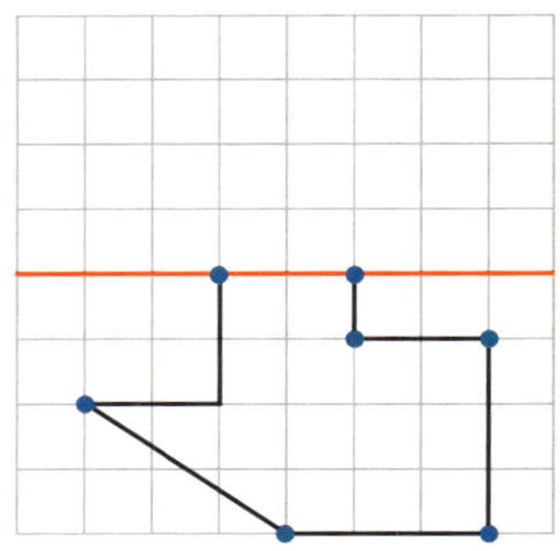

b)

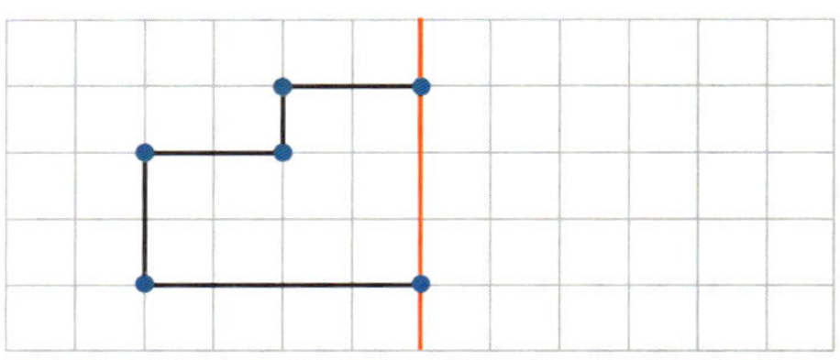

c)

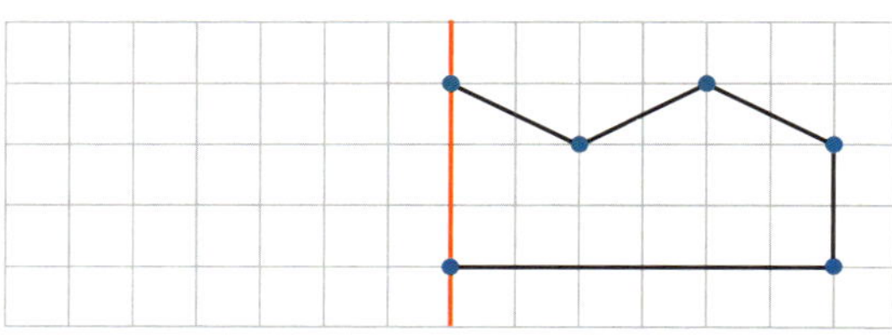

f)

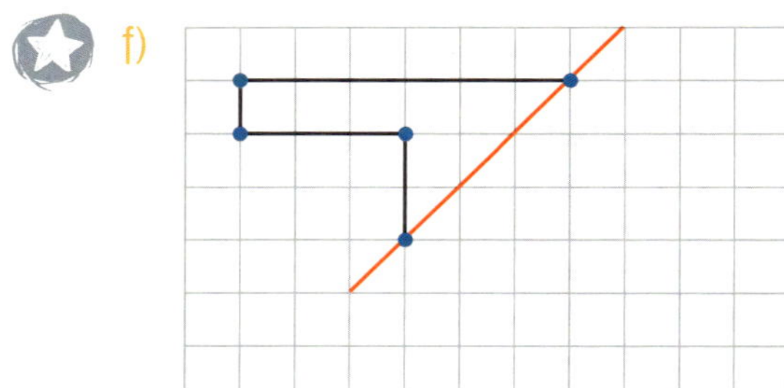

3 **Denke dir selbst eine Figur aus, zeichne sie in dein Heft und spiegle sie.**

Bleib in Form!

4 **Schreibe die Einernachbarn und kontrolliere selbst die Ergebnisse.**

167 168 169	___ 800 ___	___ 99 ___	___ 501 ___
___ 230 ___	___ 760 ___	___ 380 ___	___ 267 ___
___ 144 ___	___ 499 ___	___ 999 ___	___ 600 ___

Lösungen: 98 | 100 | 143 | 145 | ✓167 | ✓169 | 229 | 231 | 266 | 268 | 379 | 381 | 498 | 500 | 500 | 502 | 599 | 601 | 759 | 761 | 799 | 801 | 998 | 1000

▶ Ü 25–28

Symmetrie, Spiegelbild, Scherenschnitte
1) Es können auch andere Figuren als Sterne gestaltet werden. Der Fantasie sind hier keine Grenzen gesetzt.

4. Figuren und Formen

1 **Die Kinder sollten Bilder zeichnen, die zu den Beschreibungen passen.**
Welche Bilder sind richtig?
Welche Bilder passen nicht?

a) Beschreibung: Links ist ein blaues Quadrat,
rechts ist ein rotes Rechteck.

Anita

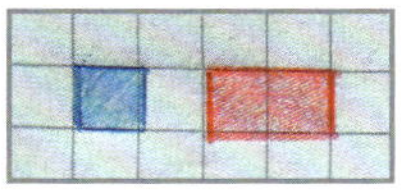

Christina

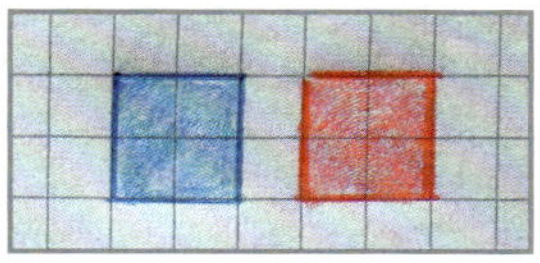

Leopold

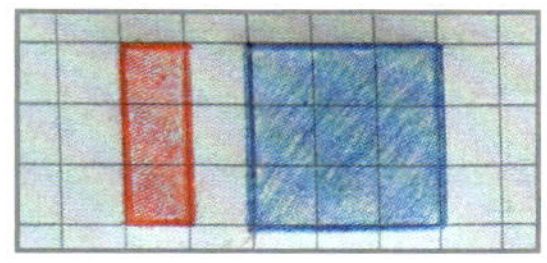

Edwin

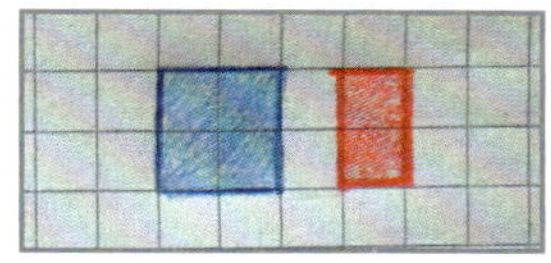

b) Beschreibung: Zwischen zwei blauen Kreisen ist ein rotes Dreieck.
Das Dreieck ist größer als die Kreise.

Anita

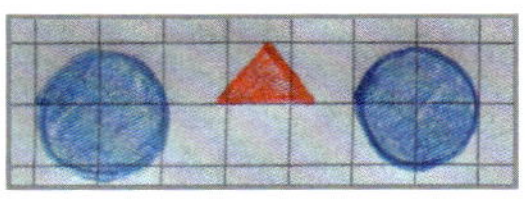

Christina

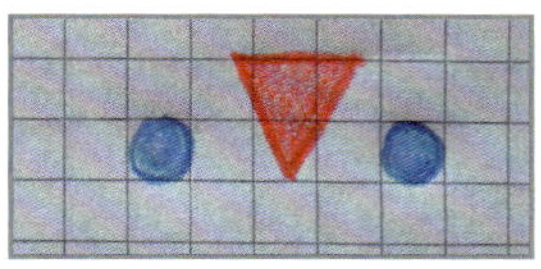

Leopold

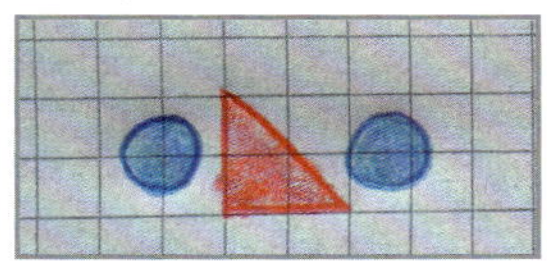

Edwin

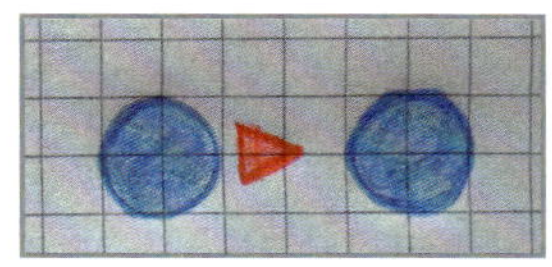

2 **Zeichne Bilder, die zu diesen Beschreibungen passen.**

a) Drei grüne Dreiecke stehen nebeneinander.
Das linke Dreieck ist am kleinsten, das Dreieck in der Mitte ist am größten.

b) Vier kleine schwarze Kreise liegen auf einem blauen Rechteck.

c) Ein rotes Quadrat und ein blaues Rechteck berühren sich an einer Ecke.

d) Ein schwarzes Dreieck steht auf einer Ecke.
Links daneben steht ein grüner Kreis.
Auf dem Kreis steht ein blaues Quadrat auf einer Ecke.
Das schwarze Dreieck ist höher als der Kreis und das Quadrat zusammen.

3 **Aufgabenwerkstatt**

Denke dir drei Aufgaben wie in Aufgabe 2 aus.
Entscheide selbst, ob du einfache oder schwierige Aufgaben machen möchtest.

4 **Beschreibe diese Bilder.**

a)

b)

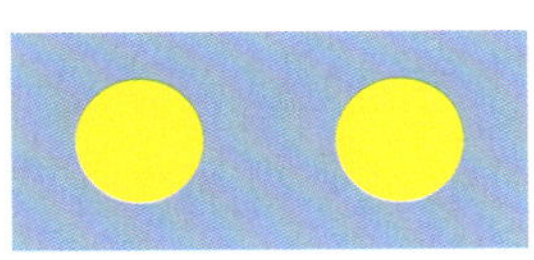

c)

▶ Ü 25–28

Figuren beschreiben und zeichnen
1) Klären Sie mit den Kindern, dass ein Quadrat auch ein (besonderes) Rechteck ist.
3) Erweiterung: Lassen sie andere Kinder die Aufgaben lösen und die Aufgabensteller beurteilen, welche Lösungen richtig sind.

4. Figuren und Formen

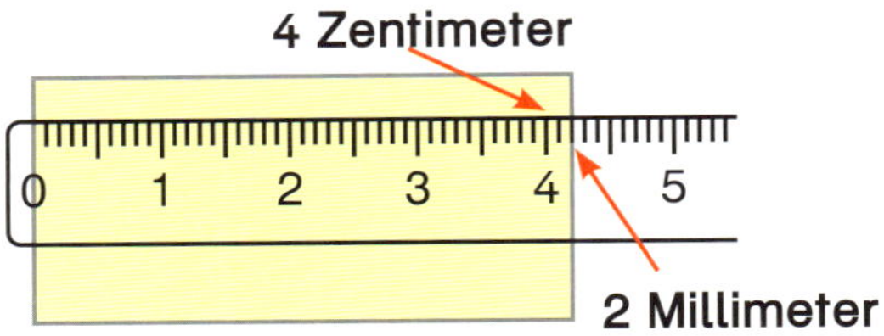

4 cm 2 mm

1 Zentimeter = 10 Millimeter
1 cm = 10 mm

Lies am Lineal zuerst die Zentimeter und dann die Millimeter ab.

1 **Miss die Seiten dieser Vierecke mit dem Lineal.**

3 cm 2 mm ______ ______ ______

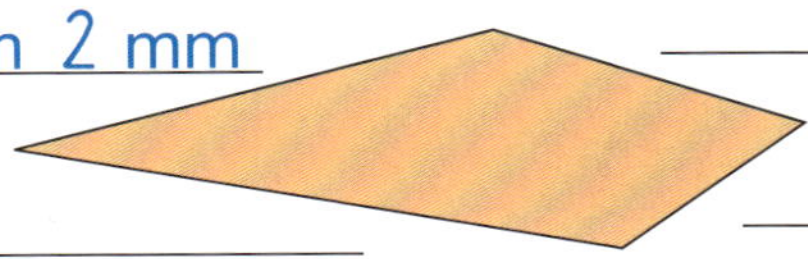

______ ______ ______ ______

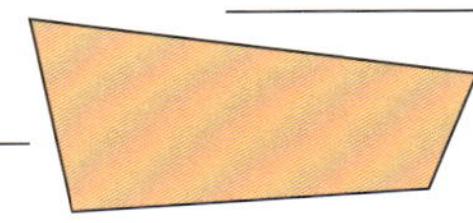

2 **Zeichne Strecken mit dem Lineal.**

Zeichne immer mit einem gespitzten Bleistift!

a) 2 cm 3 mm

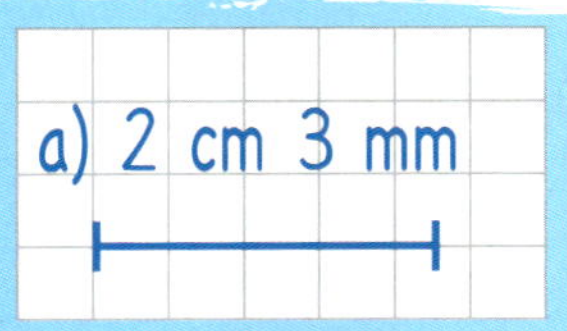

b) 4 cm 7 mm
c) 6 cm 5 mm
d) 5 cm 9 mm
e) 7 cm 1 mm
f) 3 cm 8 mm

3 **Wandle in Millimeter um.**

4 cm = ____ mm 5 cm = ______
8 cm = ____ mm 10 cm = ______

4 **Wandle in Zentimeter um.**

10 mm = ____ cm 60 mm = ______
30 mm = ____ cm 140 mm = ______

5 **Wandle in Millimeter um.**

a) 2 cm 8 mm c) 3 cm 7 mm
b) 5 cm 3 mm d) 4 cm 6 mm

6 **Wandle in Zentimeter und Millimeter um.**

a) 17 mm c) 69 mm
b) 48 mm d) 52 mm

Bleib in Form!

7 **Schreibe die Zehnernachbarn und kontrolliere selbst die Ergebnisse.**

160 168 170 ____ 406 ____ ____ 600 ____ ____ 95 ____
____ 35 ____ ____ 287 ____ ____ 835 ____ ____ 991 ____

Lösungen: 30 | 40 | 90 | 100 | 160 | 170 | 280 | 290 | 400 | 410 | 590 | 610 | 830 | 840 | 990 | 1000

▶ Ü 25–28 Zeichnen und Messen mit dem Lineal, Zentimeter und Millimeter

5. Zeig, was du kannst!

Plus- und Minusrechnen im Kopf

1 **Rechne und kontrolliere selbst die Ergebnisse.**

a) Plus- und Minusrechnen im Zahlenraum bis 100

44 + 20 = ____	35 + 39 = ____	35 - 10 = ____	92 - 25 = ____
70 + 15 = ____	28 + 43 = ____	98 - 40 = ____	53 - 18 = ____
23 + 30 = ____	59 + 16 = ____	53 - 20 = ____	65 - 47 = ____

Lösungen: 18 25 33 35 53 58 64 67 71 74 75 85

b) Plus- und Minusrechnen im Zahlenraum bis 1000

200 + 400 = ____	320 + 50 = ____	500 - 100 = ____	470 - 150 = ____
500 + 60 = ____	710 + 200 = ____	600 - 400 = ____	860 - 20 = ____
100 + 700 = ____	420 + 130 = ____	820 - 200 = ____	380 - 210 = ____

Lösungen: 170 200 320 370 400 550 560 600 620 800 840 910

2 **Ergänze die letzte Rechnung in den Rechenpaketen. Kontrolliere selbst die Ergebnisse.**

a)	b)	c)
27 + 4 = ____	45 + 30 = ____	760 - 15 = ____
27 + 5 = ____	45 + 40 = ____	760 - 25 = ____
27 + 6 = ____	45 + 50 = ____	760 - 35 = ____
____ + ____ = ____	____ + ____ = ____	____ - ____ = ____

Lösungen: 31 32 33 34 75 85 95 105 715 725 735 745

3 **Beschreibe die Rechenpakete aus Übung 2.**

4 Hole dir deinen Stern! 1

a) Rechne.

6 + 3 = 9 ✓	57 + 8 = ____ ☐	600 + 200 = ____ ☐
70 + 5 = ____ ☐	43 + 16 = ____ ☐	530 + 400 = ____ ☐
40 + 20 = ____ ☐	29 + 25 = ____ ☐	265 + 60 = ____ ☐

b) Rechne.

8 - 2 = ____ ☐	63 - 6 = ____ ☐	700 - 400 = ____ ☐
30 - 20 = ____ ☐	74 - 21 = ____ ☐	620 - 50 = ____ ☐
90 - 4 = ____ ☐	83 - 59 = ____ ☐	486 - 30 = ____ ☐

→ Die Lösungen der Aufgaben und die Auswertung findest du im Lösungsheft.

4) Selbsttestaufgabe: Die Kinder überprüfen ihre Ergebnisse anhand der Lösungen im Lösungsheft.

5. Zeig, was du kannst!

Malrechnen und Teilen

1 **Wähle für jede Aufgabe zwei Zahlenkärtchen und bilde mit ihnen eine Malrechnung.**

~~8~~	2	5	0	4	7	3	1	6
9	~~4~~	1	8	10	5	6	2	3

8 · 4 = ____ ____ · ____ = ____ ____ · ____ = ____

____ · ____ = ____ ____ · ____ = ____ ____ · ____ = ____

____ · ____ = ____ ____ · ____ = ____ ____ · ____ = ____

2 **Rechne und kontrolliere selbst die Ergebnisse.**

a)

7 · 2 = ____	3 · 7 = ____	4 · 5 = ____	7 · 7 = ____
5 · 9 = ____	8 · 8 = ____	6 · 3 = ____	9 · 4 = ____
6 · 4 = ____	9 · 0 = ____	2 · 8 = ____	5 · 8 = ____

b)

15 : 3 = ____	16 : 4 = ____	12 : 6 = ____	56 : 7 = ____
8 : 2 = ____	45 : 5 = ____	27 : 9 = ____	42 : 6 = ____
30 : 5 = ____	32 : 8 = ____	48 : 6 = ____	45 : 9 = ____

Lösungen:

0	2	3	4	4	4	5	5	6	7	8	8
9	14	16	18	20	21	24	36	40	45	49	64

2 Hole dir deinen Stern!

3

a) Rechne.

4 · 5 = ____ ☐	2 · 7 = ____ ☐	9 · 3 = ____ ☐
8 · 3 = ____ ☐	6 · 6 = ____ ☐	7 · 4 = ____ ☐
6 · 9 = ____ ☐	8 · 7 = ____ ☐	7 · 5 = ____ ☐

b) Rechne.

28 : 7 = ____ ☐	18 : 9 = ____ ☐	42 : 6 = ____ ☐
15 : 3 = ____ ☐	5 : 5 = ____ ☐	20 : 4 = ____ ☐
64 : 8 = ____ ☐	72 : 8 = ____ ☐	27 : 3 = ____ ☐

→ Die Lösungen de Aufgaben und die Auswertung findest du im Lösungsheft.

5. Zeig, was du kannst!

Zahlen bis 1000

1 a) Schreibe die Rechnungen und die Zahlen. Kontrolliere selbst die Ergebnisse.

5 H + 6 E = 500+6 = 506

2 H + 7 Z = ______ = ______

5 Z + 9 E = ______ = ______

1 H + 3 Z = ______ = ______

8 Z + 1 E = ______ = ______

2 H + 7 E = ______ = ______

Lösungen:

59	81
130	207
270	506 ✓

b) Schreibe die Einernachbarn zu den Zahlen. Kontrolliere selbst die Ergebnisse.

______	547	______	______	200	______	______	299	______
______	250	______	______	583	______	______	729	______
______	789	______	______	700	______	______	580	______

Lösungen:

199	201	249	251	298	300
546	548	579	581	582	584
699	701	728	730	788	790

c) Schreibe die Zehnernachbarn zu den Zahlen. Kontrolliere selbst die Ergebnisse.

______	361	______	______	523	______	______	301	______
______	895	______	______	818	______	______	593	______
______	503	______	______	431	______	______	378	______

Lösungen:

300	310	360	370	370	380
430	440	500	510	520	530
590	600	810	820	890	900

2

3 Hole dir deinen Stern!

a) Zahlen runden.

Runde auf Zehner:

243 ≈ ______ ☐

918 ≈ ______ ☐

725 ≈ ______ ☐

Runde auf Hunderter:

192 ≈ ______ ☐

448 ≈ ______ ☐

335 ≈ ______ ☐

b) Schreibe die gesuchten Zahlen.

2 H + 5 Z + 3 E = ______ ☐

6 H + 4 Z + 9 E = ______ ☐

3 H + 8 E = ______ ☐

3 Z + 12 E = ______ ☐

7 H + 49 E = ______ ☐

18 Z + 8 E = ______ ☐

c) Welche Zahl ist um 1 kleiner als 700?

______ ☐

Welche Zahl ist um 10 größer als 530?

______ ☐

Welche Zahl ist um 100 kleiner als 846?

______ ☐

→ Die Lösungen der Aufgaben und die Auswertung findest du im Lösungsheft.

5. Zeig, was du kannst!

Geometrie

1 **Wie heißen diese Formen?**

__________ __________ __________ __________

2 **Zeichne diese Strecken mit dem Lineal.**

a) 4 cm 6 cm
7 cm 10 cm

b) 4 cm 5 mm 6 cm 3 mm
7 cm 8 mm 9 cm 1 mm

3 **Wandle in Zentimeter und Millimeter um.**

23 mm = __________ 100 mm = __________
59 mm = __________ 16 mm = __________

4 Hole dir deinen Stern! 4

a) Ergänze die Spiegelbilder. Die Symmetrieachse ist jeweils rot eingezeichnet.

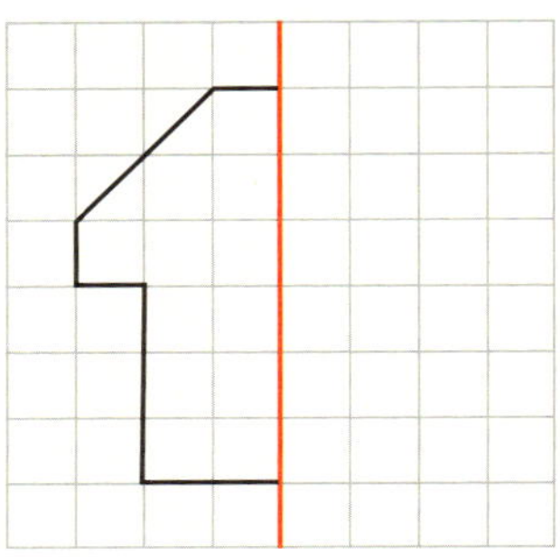 ☐

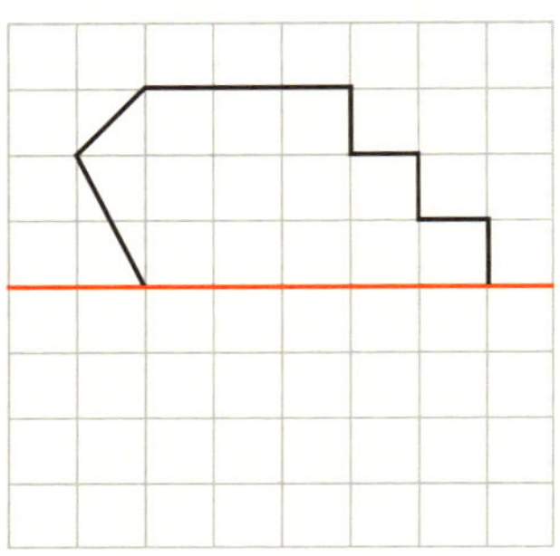 ☐

b) Miss die Seiten dieses Rechtecks mit dem Lineal.

l = __________ ☐
b = __________ ☐

c) Wandle in Millimeter um.

5 cm = __________ ☐ 3 cm 4 mm = __________ ☐
9 cm = __________ ☐ 7 cm 9 mm = __________ ☐

➜ Die Lösungen der Aufgaben und die Auswertung findest du im Lösungsheft.

5. Zeig, was du kannst!

Sachaufgaben

1 **Lies die Sachaufgaben, rechne im Heft und schreibe kurze Antworten. Kontrolliere selbst die Ergebnisse.**

a) Der Tropenzoo verkauft 12 Papageien an einen anderen Zoo.
Wie viele Papageien hatte der Tropenzoo, wenn jetzt noch 20 Vögel da sind?

b) Der Tierpfleger verfüttert jeden Tag 100 kg Heu an die Elefanten.
Wie viel Heu ist das in einer Woche?

c) Herr Müller geht mit seiner Tochter Eva und ihren Freundinnen in den Zoo.
Er bezahlt 23 €. Der Eintritt für Erwachsene kostet 8 €.
Der Eintritt für Kinder kostet 3 €.

Wie viele Freundinnen hat Eva mitgenommen?

d) Im Affenstall ist Fieber ausgebrochen.
Die Hälfte der Affen ist schon krank.
Der Affenstall ist 8 Meter lang und 3 Meter breit.
Wie viele Affen sind noch gesund?

Lösungen:

4	32	70	700

Achtung: Nicht alle Aufgaben können gelöst werden.

e) Die größte Schlange im Zoo ist 285 cm lang.
Die zweitgrößte Schlange misst 2 m 15 cm.
Um wie viel ist sie kürzer als die längste?

2 **5** Hole dir deinen Stern!

a) Im Zoo leben 48 Pinguine, davon sind 15 Königspinguine, die anderen sind Felsenpinguine. Wie viele Felsenpinguine leben im Zoo?

____

______________________________ ☐

b) Am Sonntag haben 400 Menschen den Zoo besucht.
„Das waren doppelt so viele wie am Samstag“, freut sich die Besitzerin.
Wie viele Menschen waren am Samstag im Zoo?

____

______________________________ ☐

c) Im Seenland gibt es zwei Zoos. Im Zoo von Krimsbach leben 34 Kängurus, im Zoo von Reinstetten um 12 weniger. Wie viele Kängurus sind das insgesamt?

____

______________________________ ☐

→ Die Lösungen der Aufgaben und die Auswertung findest du im Lösungsheft.

Knobelaufgabe

Überlege, wie du die Knobelaufgabe lösen kannst.
Sprich mit anderen Kindern darüber.

1 **Marcy hat Ziffernkarten von 0 bis 9. Von jeder Zahl hat sie nur eine Karte.**

a) Marcy versucht, alle Zahlen **von 0 bis 99** zu legen. Wie viele davon kann sie mit ihren Karten nicht legen?

b) Marcy versucht, alle Zahlen **von 100 bis 199** zu legen. Wie viele davon kann sie mit ihren Karten nicht legen?

c) Marcy versucht, alle Zahlen **von 200 bis 299** zu legen. Wie viele davon kann sie mit ihren Karten nicht legen?

d) Marcy versucht, alle Zahlen **von 0 bis 1000** zu legen. Wie viele davon kann sie mit ihren Karten nicht legen?

Goldene Regeln für das Rätsellösen:

- Wer nichts probiert, lernt auch nichts.
- Fehler machen ist strengstens erlaubt.
- Je mehr Ideen es gibt, desto besser.

Arbeitsform: ICH – DU – WIR
Die Kinder befassen sich erst einzeln mit der Aufgabe, bevor sie in Partnerarbeit oder Kleingruppen ihre Ideen fertig entwickeln. Am Ende werden Ergebnisse, Beobachtungen und Lösungswege in der Klasse ausgetauscht („Strategiekonferenz").

6. Komm mit ins Kino!

1 Im Kino läuft der Film „Die große Reise“. Gestern wurden 231 Karten für die Nachmittagsvorstellung und 152 Karten für die Abendvorstellung verkauft.

1–5

Cedric, Nora und Aron rechnen aus, wie viele Karten das zusammen waren.

Wie haben die Kinder die Aufgabe gelöst? Erkläre.

Cedric

231 + 152 = 383

231 $\xrightarrow{+100}$ 331 $\xrightarrow{+50}$ 381 $\xrightarrow{+2}$ 383

Aron

100 100 100 | 20 10 50

① 231 + 152 = 383

② 200 + 100 = 300
30 + 50 = 80
1 + 2 = 3

Nora

231 + 152 = 383

200 + 100 = 300
31 + 52 = 83

300 + 83 = 383

2 Löse die Aufgaben.
Verwende Legematerial und notiere deine Zwischenrechnungen.

a)

65 + 27	71 + 64	59 + 24
48 + 36	83 + 52	96 + 42
95 + 35	37 + 94	48 + 75

b)

315 + 243	524 + 155	312 + 487
403 + 161	396 + 302	285 + 112
276 + 512	143 + 751	603 + 224

c)

276 + 198	189 + 345	489 + 214
135 + 237	318 + 476	237 + 648
425 + 278	564 + 189	421 + 379

halbschriftlich Rechnen

Es gibt keine feste Regeln für diese Rechnungen. Wähle deine Rechenschritte einfach so, dass du keine Fehler machst.

Ü 35–39

1) Die Kinder rechnen sehr ähnlich, Aron verwendet zusätzlich Legematerial in Form von Spielgeld.
2) Achten Sie beim halbschriftlichen Rechnen darauf, dass die Kinder ihre Zwischenrechnungen aufschreiben.

6. Komm mit ins Kino!

	Saal A	Saal B
14:00 Uhr verkaufte Karten	Oma rennt 106	Mary Potter 147
16:00 Uhr verkaufte Karten	Agent 003 86	Oma rennt 182
18:00 Uhr verkaufte Karten	Die große Reise 253	Mary Potter 134
20:00 Uhr verkaufte Karten	Die große Reise 284	Agent 003 152

1 **Der Kinobesitzer hat im Computer nachgeschaut, wie viele Karten am Samstag verkauft wurden. Löse die Aufgaben mit Hilfe der Zahlen in der Tabelle.**

1 a) R: 106 + 182 = 288

100 + 100 = 200
6 + 82 = 88

A: Für „Oma rennt" wurden 288 Karten verkauft.

a) Wie viele Karten wurden für „Oma rennt" verkauft?

b) Wie viele Personen haben den Film „Mary Potter" gesehen?

c) Wie viele Besucherinnen und Besucher waren bei den Vorstellungen um 18:00 Uhr?

d) Wie viele Karten wurden für die Vorstellungen um 14:00 Uhr verkauft?

e) Welcher Film war der beliebteste? Wie viele Personen haben diesen Film gesehen?

f) In welcher Vorstellung waren die wenigsten Personen?

g) In welchem Saal waren insgesamt die meisten Besucherinnen und Besucher? Wie groß war der Unterschied zwischen den Sälen?

2 **Aufgabenwerkstatt**

Denke dir selbst noch drei Aufgaben aus, bei denen man zwei Zahlen zusammenrechnen muss.

Bleib in Form!

3 **Wandle in Meter um und kontrolliere selbst die Ergebnisse.**

200 cm = ______	500 cm = ______	10 dm = ______
700 cm = ______	300 cm = ______	60 dm = ______
100 cm = ______	800 cm = ______	40 dm = ______
1000 cm = ______	600 cm = ______	90 dm = ______

Lösungen: 1 m | 1 m | 2 m | 3 m | 4 m | 5 m | 6 m | 6 m | 7 m | 8 m | 9 m | 10 m

▶ Ü 35–39

Vorbereitung der schriftlichen Addition, Sachaufgaben mit Zahlen aus Tabellen
2) Aufgabenwerkstatt: Hier sind verschiedene Lösungen möglich, auch als Partnerarbeit geeignet
3) Wiederholung: Umwandlung von Größen

6. Komm mit ins Kino!

Schriftliche Addition

Addition heißt Plusrechnung.

Statt plusrechnen kann man auch addieren sagen.

Das Ergebnis der Addition heißt Summe.

Rechne eine Spalte nach der anderen.
Beginne bei den Einern.

H	Z	E
4	2	6
1	5	3
		9

6 plus 3 gleich 9.

H	Z	E
4	2	6
1	5	3
	7	9

2 plus 5 gleich 7.

H	Z	E
4	2	6
1	5	3
5	7	9

4 plus 1 gleich 5.

Addition, addieren, Summe

1 **Setze die Zeile fort.**

Addition, addieren, Summe, Addition, ___

2 **Rechne.**

H	Z	E
3	1	2
2	6	4
		6

H	Z	E
1	5	2
6	3	2

H	Z	E
7	0	5
	4	2

H	Z	E
2	7	1
6	1	6

H	Z	E
	3	8
8	4	0

3 **Rechne und kontrolliere selbst die Ergebnisse.**

416 + 532

4	1	6
5	3	2

603 + 154

6	0	3

741 + 215   523 + 62   407 + 362

143 + 506   251 + 233   402 + 313   164 + 132

Lösungen:

296	484	585
649	715	757
769	948	956

4 **Rechne und kontrolliere selbst die Ergebnisse.**

615 + 204	741 + 135	814 + 53	725 + 134
327 + 450	183 + 512	642 + 236	208 + 101

Lösungen:

309	695	777
819	859	867
876	878	

Einführung der schriftlichen Addition ohne Überschreitung
Unterstützung mit Legematerial falls nötig

6. Komm mit ins Kino!

Schriftliche Addition mit Überschreitung

	H	Z	E
	5	3	7
	2	5	5
		1	
			2

7 plus 5
gleich 12.
2 an,
1 weiter.

Einer:

7 ① ① ① ① ① ① ①

5 ① ① ① ① ①

12 = 10 ① ①

2 Einer werden angeschrieben.
1 Zehner geht als **Übertrag** weiter.

	H	Z	E
	5	3	7
	2	5	5
		1	
		9	2

3 plus 5
gleich 8.
8 plus 1
gleich 9.

	H	Z	E
	5	3	7
	2	5	5
		1	
	7	9	2

5 plus 2
gleich 7.

Lege die Rechnung mit Spielgeld!

1 **Lege die Rechnungen mit Spielgeld, rechne und kontrolliere selbst die Ergebnisse.**

219 + 144   765 + 208   358 + 328   174 + 264   396 + 85

	2	1	9
	1	4	4
		1	
	3	6	3

483 + 265   170 + 544   552 + 94   602 + 119

Lösungen:

363	438	481
646	686	714
721	748	973

2 **Rechne und kontrolliere selbst die Ergebnisse.**

829 + 3	436 + 248	692 + 95	38 + 104
268 + 25	576 + 162	253 + 554	152 + 39
153 + 62	249 + 706	424 + 178	421 + 193
675 + 18	322 + 495	547 + 183	649 + 138

Lösungen:

142	191	215	293
602	614	684	693
730	738	787	787
807	817	832	955

Bleib in Form!

3 **Wandle in Dezimeter um und kontrolliere selbst die Ergebnisse.**

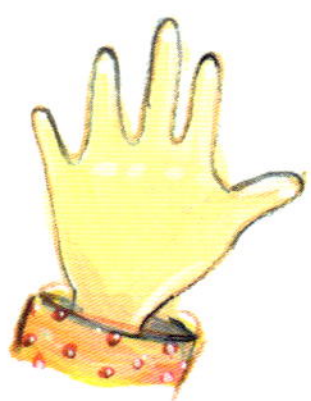

30 cm = ______	80 cm = ______	1 m = ______
10 cm = ______	90 cm = ______	5 m = ______
100 cm = ______	70 cm = ______	6 m = ______
50 cm = ______	1000 cm = ______	10 m = ______

Lösungen: 1 dm | 3 dm | 5 dm | 7 dm | 8 dm | 9 dm | 10 dm | 10 dm | 50 dm | 60 dm | 100 dm | 100 dm

▶ Ü 35–39

Schriftliche Addition mit Überschreitung
Legen Sie die gesamte Rechnung mit den Kindern mit Spielgeld. Die Überschreitung von den Zehnern zu den Hunderten wird analog mit dem Einwechseln von 10 Zehnern zu einem 100er erklärt.

6. Komm mit ins Kino!

Schriftliche Addition mit mehreren Zahlen

Schreibe Einer unter Einer, Zehner unter Zehner und Hunderter unter Hunderter!

	3	5	8
		5	6
	5	3	9
		2	
			3

	3	5	8
		5	6
	5	3	9
	1	2	
		5	3

	3	5	8
		5	6
	5	3	9
	1	2	
	9	5	3

1 **Rechne und kontrolliere selbst die Ergebnisse.**

617	216	531	108	38	157
143	42	221	294	215	280
89	107	64	116	95	316

125	261	302	27	324
61	534	43	71	187
414	126	104	225	12
206	35	216	103	272

Lösungen:

348	365	426
518	665	753
795	806	816
849	956	

2 **Löse die Aufgaben in deinem Heft**

a) Addiere die Zahlen 154, 183, 29, 76, 192 und 206.

b) Berechne die Summe der Zahlen 172, 395, 58, 47 und 218.

c) Addiere die Zahlen 247, 103, 7, 62 und 374.

Rechne die schriftlichen Additionen in deinem Heft!

Kopfrechnen oder schriftliche Addition?

3 **Entscheide, wie du die Rechnungen lösen willst, bevor du die Aufgaben rechnest. Schreibe ein K für Kopfrechnen oder ein S für schriftliches Rechnen in die Kästchen.**

a)
- [K] 200 + 47 = ____
- [K] 345 + 99 = ____
- [S] 639 + 154 = ____
- [ ] 30 + 60 = ____
- [ ] 486 + 115 = ____
- [ ] 149 + 373 = ____

b)
- [ ] 156 + 185 = ____
- [ ] 273 + 20 = ____
- [ ] 500 + 143 = ____
- [ ] 177 + 318 = ____
- [ ] 299 + 99 = ____
- [ ] 613 + 60 = ____

c)
- [ ] 264 + 298 = ____
- [ ] 642 + 164 = ____
- [ ] 90 + 220 = ____
- [ ] 342 + 503 = ____
- [ ] 167 + 562 = ____
- [ ] 720 + 150 = ____

▶ Ü 35–39

Schriftliche Addition mit mehreren Summanden
3) Jedes Kind entscheidet selbst, wie es die Aufgaben rechnen möchte.
Die Kinder sollen ihre Entscheidungen miteinander vergleichen und besprechen.

6. Komm mit ins Kino!

1 **Im Film „Die große Reise“ spielten viele Menschen und Tiere mit. Die Ausstattung war sehr phantasievoll und aufwändig.**

Denke dir Fragen aus, rechne und schreibe passende Antworten.

a) Im Film spielten viele Tiere mit: 69 Pferde, 142 Krähen und sogar 4 Delfine.

b) Die Zwergenolympiade wurde mit kleinwüchsigen Menschen gefilmt. 184 von ihnen spielten die Zuseherinnen und Zuseher, 37 die Sportlerinnen und Sportler.

c) Die Trolle hatten besonders großen Hunger. Sie aßen 268 Steinpilze, 43 Fliegenpilze und 194 Butterpilze.

d) Für die Szene mit der Schatzkiste wurden Edelsteine ausgeborgt: 156 Rubine, 64 Smaragde und 21 Diamanten.

e) Beim Abschlussfest gab es einen riesigen Obstsalat. Gianni verwendete dafür 128 kg Äpfel, 37 kg Birnen und 106 kg Bananen.

2 **Aufgabenwerkstatt**

a) Erfinde eine Geschichte zu dem Film "Die große Reise" und stelle eine mathematische Frage.

b) Entwickle einen Plan, der dir hilft deine Aufgabe zu lösen. Du kannst Rechnungen, Diagramme, Tabellen oder Skizzen verwenden.

c) Führe deinen Plan aus.

d) Beantworte deine Frage. Überprüfe, ob die Antwort zu deiner Frage und zu deiner Geschichte passt und ob das Ergebnis stimmen kann.

e) Stelle deine Geschichte einem anderen Kind vor. Beschreibe, wie du deine Aufgabe gelöst hast. Überlege, wie man deine Aufgabe auch anders lösen kann.

Bleib in Form!

3 **Wandle in Zentimeter um und kontrolliere selbst die Ergebnisse.**

2 dm = ______	3 m = ______	1 m 4 dm = ______
7 dm = ______	8 m = ______	3 m 6 dm = ______
5 dm = ______	4 m = ______	9 m 8 dm = ______
1 dm = ______	10 m = ______	2 m 5 dm = ______

Lösungen: 10 cm | 20 cm | 50 cm | 70 cm | 140 cm | 250 cm | 300 cm | 360 cm | 400 cm | 800 cm | 980 cm | 1000 cm

▶ Ü 35–39

Sachaufgaben, Schwerpunkt: schriftliche Addition
2) Aufgabenwerkstatt: Hier sind verschiedene Lösungen möglich, auch als Partnerarbeit geeignet
3) Wiederholung: Umwandlung von Größen

7. Einmal rundherum

1 **Bastle eine Krone.**

1-6

a) Du brauchst einen 20 cm breiten, festen Karton, der um 5 cm länger ist als dein Kopfumfang.

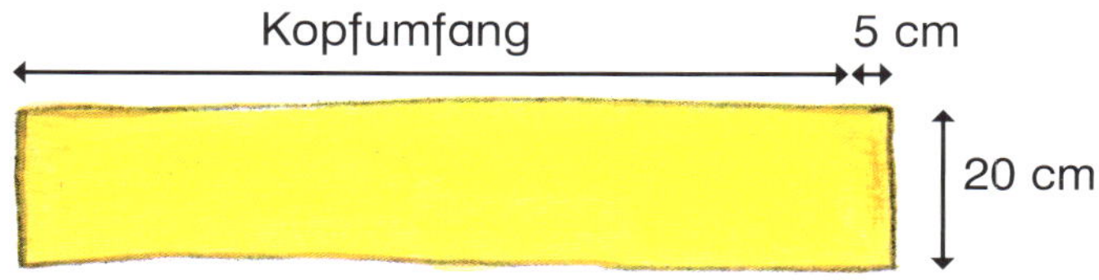

b) Schneide Zacken in den Karton und stanze Löcher für die Splinte.

c) Fixiere die Krone mit den Splinten und setze sie auf.

2 **Der Goldschmied fertigt Kettchen, Ringe und anderen Schmuck nach Maß an. Nimm die Maße eines anderen Kindes und trage sie in die Liste ein.**

Name des Kindes:

____

Halsumfang:	______
Kopfumfang:	______
Umfang Handgelenk:	______
Umfang Fußgelenk:	______
Umfang Ringfinger:	______
Umfang Daumen:	______
Umfang Oberarm:	______

3 **Miss den Umfang deines Handgelenks und entwirf ein Muster für ein Freundschaftsband.**

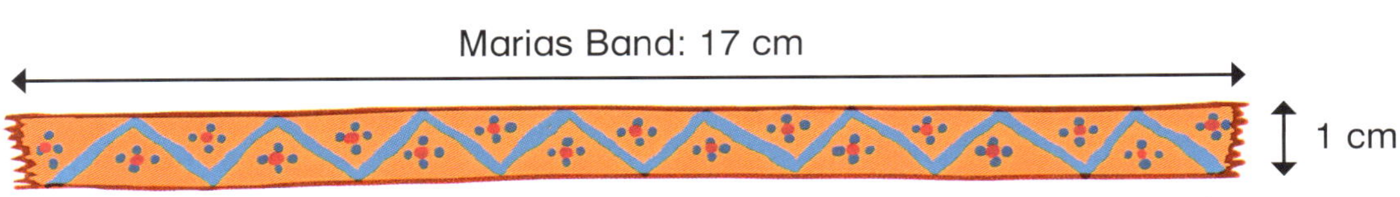

4 **Setze die Zeile fort.**

Umfang, Umfang, ______________________________

▶ Ü 40-44

Einführung: Umfang, Wiederholung: Längen messen in cm
1) Dazu gibt es eine mathematische Abenteuergeschichte.

7. Einmal rundherum

Umfang

Der Umfang einer Figur ist die Länge ihres Randes.
Die Abkürzung für Umfang lautet „u“.

Umfang

1 **Ziehe die Seiten der Figuren nach und bestimme jeweils ihren Umfang.**

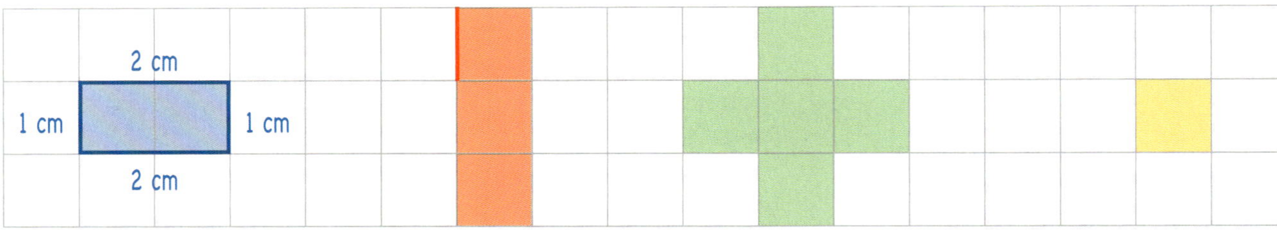

u = 6 cm ______ ______ ______

2 **Ziehe die Seiten der Figuren nach und bestimme jeweils ihren Umfang.**

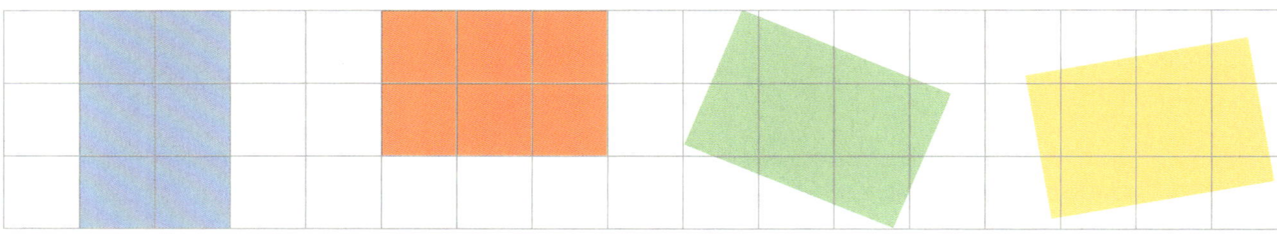

______ ______ ______ ______

3 **Miss mit dem Lineal und bestimme jeweils den Umfang der Figuren.**

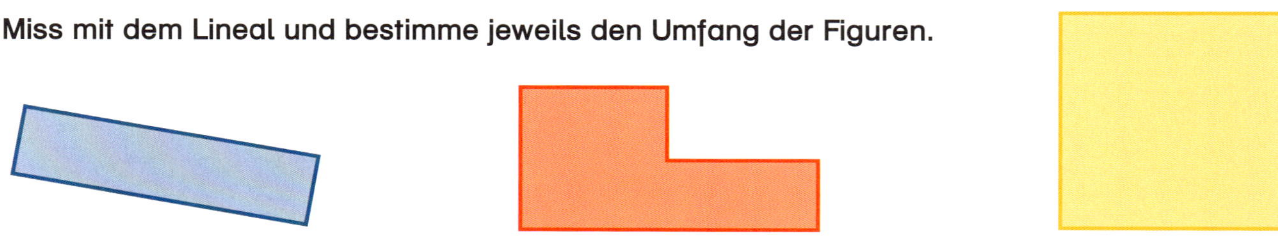

______ ______ ______

Bleib in Form!

4 **Rechne und kontrolliere selbst die Ergebnisse.**

267	529	374	798	157	318
501	124	261	63	482	586

432	307	185	773
176	225	462	149

Lösungen:
532 608 635 639 647 653
768 861 904 922

▶ Ü 40-44

Umfang ebener Figuren bestimmen
Messen mit dem Lineal auf cm genau 2) Weisen Sie die Kinder nach der Lösung der Aufgabe darauf hin, dass die Lage einer Figur nichts an ihrem Umfang ändert.
4) Wiederholung: schriftliche Addition

7. Einmal rundherum

Rechter Winkel und parallele Geraden

rechter Winkel

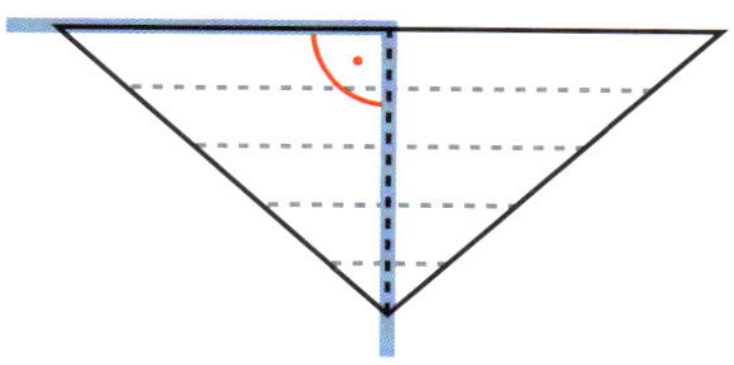

parallel

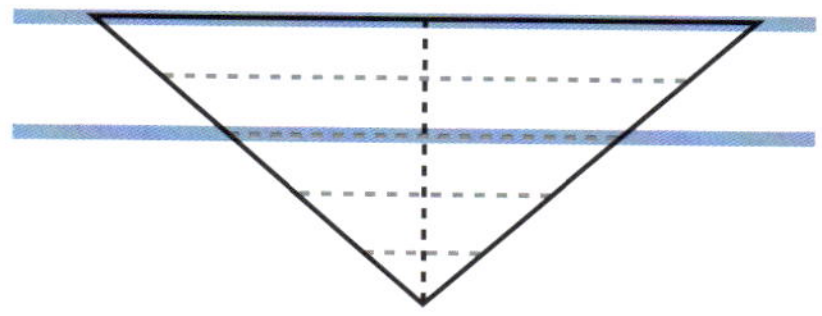

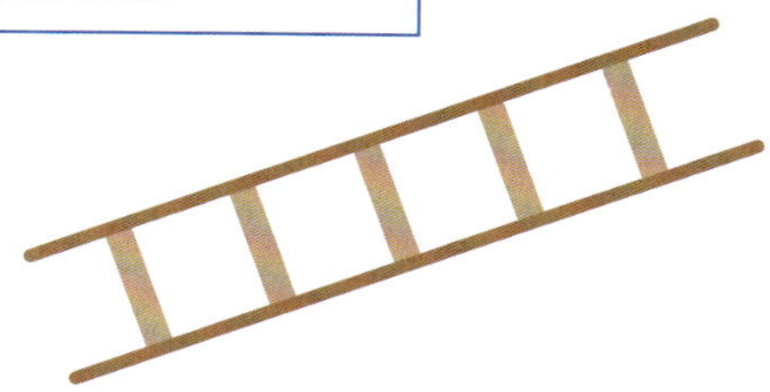

1 Sucht nach rechten Winkeln und parallelen Geraden in eurem Klassenzimmer.

2 In den Figuren findest du insgesamt 11 rechte Winkel. Zeichne sie mit roter Farbe ein.

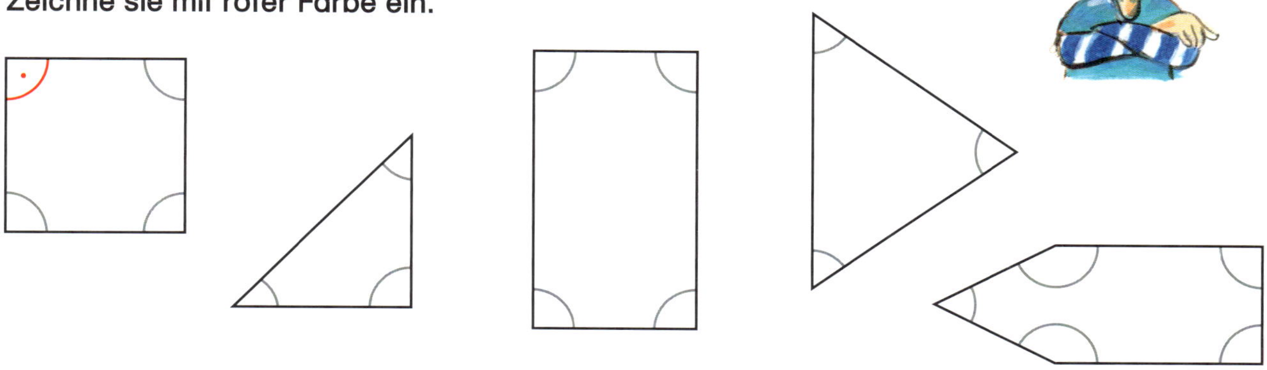

3 Zeichne 5 rechte Winkel in dein Heft. Verwende ein Geodreieck.

4 Kreuze an, ob die Geraden parallel oder nicht parallel sind.

		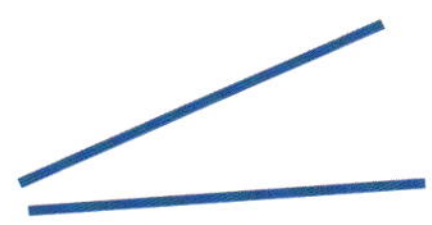	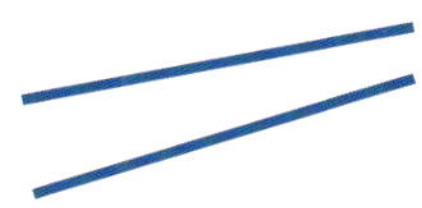	
☐ parallel ☒ nicht parallel	☒ parallel ☐ nicht parallel	☐ parallel ☐ nicht parallel	☐ parallel ☐ nicht parallel	☐ parallel ☐ nicht parallel

5 Zeichne 5 Paar parallele Geraden in dein Heft. Verwende ein Geodreieck.

7. Einmal rundherum

Quadrat

Ein Quadrat ist ein Viereck mit vier gleich langen Seiten.
Es hat vier rechte Winkel. Gegenüber liegende Seiten sind parallel.

1 **Finde die vier Quadrate und male sie rot an.**

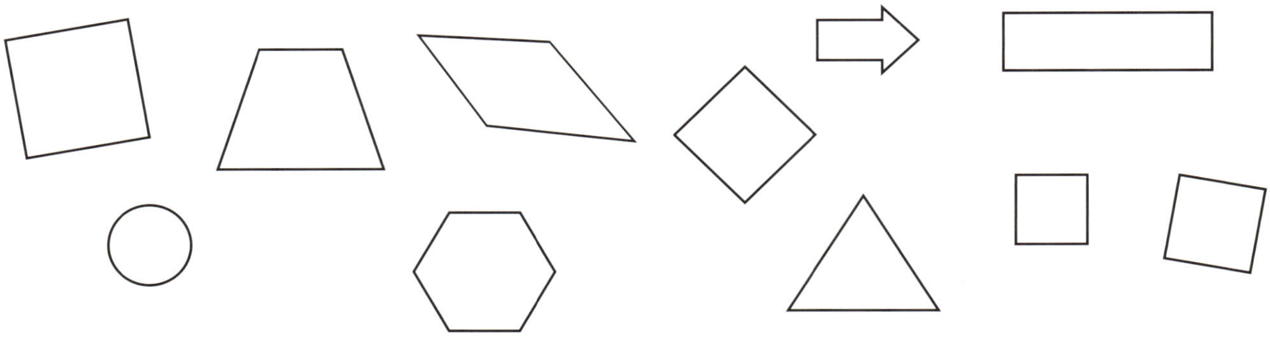

Umfang des Quadrats

s = Seitenlänge
u = Umfang

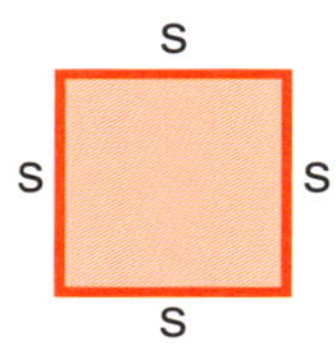

Umfang u:

2 **Zeichne folgende Quadrate in dein Heft und berechne jeweils den Umfang.**

a) s = 2 cm
b) s = 4 cm
c) s = 3 cm
d) s = 6 cm
e) s = 5 cm
f) s = 10 cm

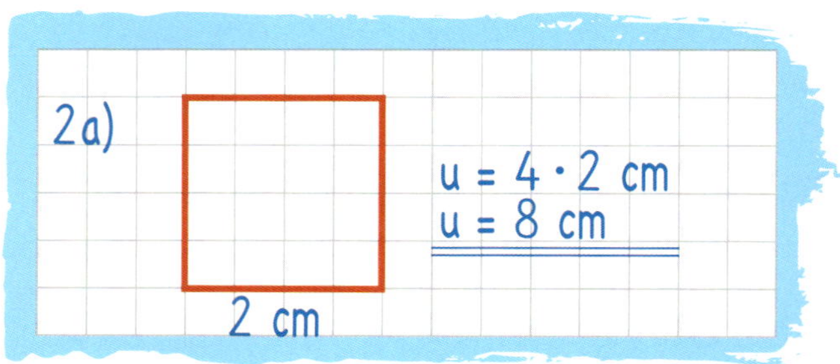

Bleib in Form!

3 **Wähle für jede Aufgabe zwei Zahlen von den Kärtchen und bilde mit ihnen eine Addition.**

218	109	426
64	584	274
162	83	304
795	620	79
356	204	441

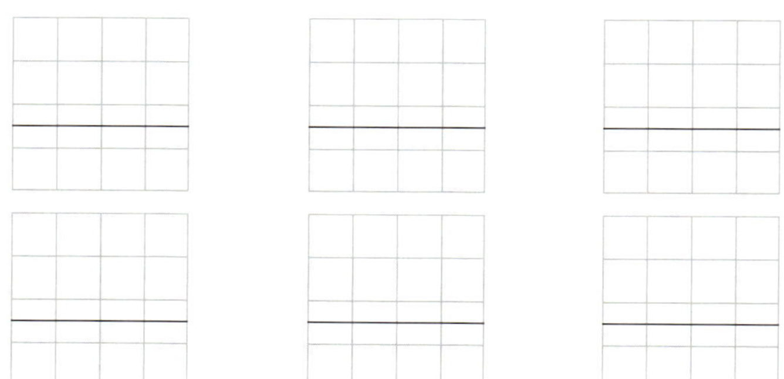

▶ Ü 40-44

Einführung Quadrat, Umfang berechnen, Zeichnen mit dem Lineal
Besprechen Sie die Formel für den Umfang gemeinsam mit den Kindern.
3) Wiederholung: schriftliche Addition

Rechteck

Ein Rechteck ist ein Viereck mit vier rechten Winkeln. Gegenüber liegende Seiten sind parallel und gleich lang.

l = Länge,
b = Breite,
u = Umfang

1 **Zeichne diese Rechtecke fertig. Verwende ein Geodreieck.**

a)

b)

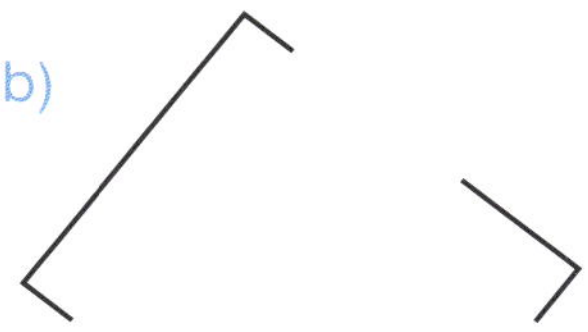

c)

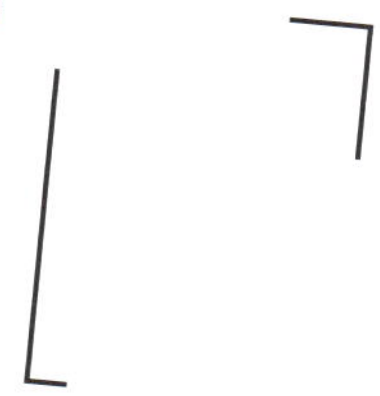

Umfang des Rechtecks

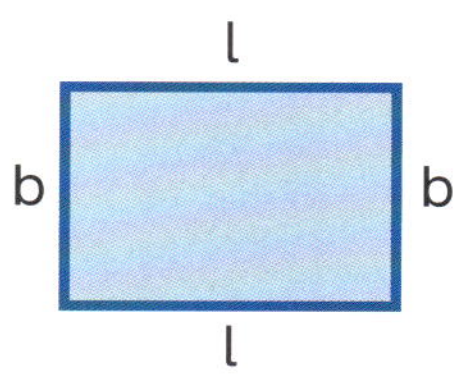

Umfang u:

oder:

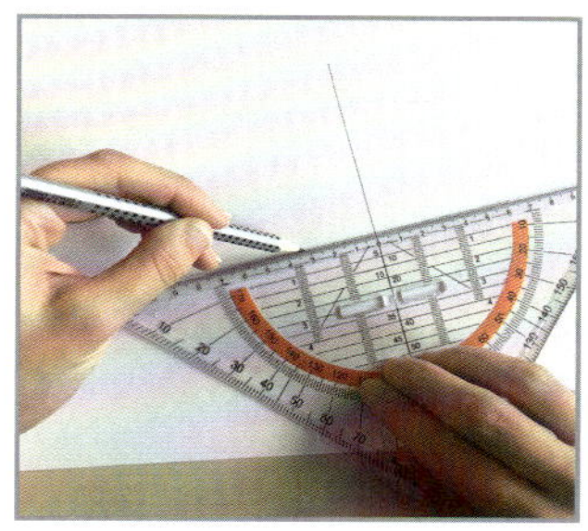

2 **Zeichne folgende Rechtecke in dein Heft und berechne jeweils den Umfang.**

a) l = 3 cm, b = 1 cm
b) l = 3 cm, b = 2 cm
c) l = 5 cm, b = 2 cm
d) l = 6 cm, b = 3 cm
e) l = 2 cm, b = 1 cm
f) l = 9 cm, b = 5 cm

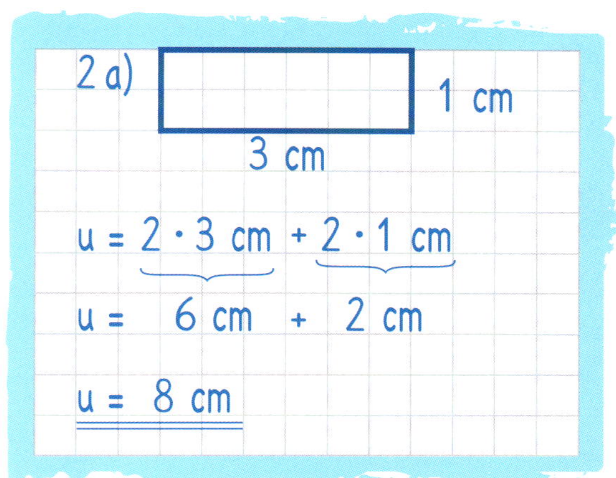

3 **Zeichne ein Rechteck und ein Quadrat in dein Heft. Beide Figuren sollen den gleichen Umfang haben.**

4 **Gegeben ist ein Rechteck mit Länge l = 4 cm und Breite b = 4 cm.**

a) Zeichne die Figur in dein Heft.

b) Ist die Figur nun ein Rechteck oder ein Quadrat? Oder kann sie beides sein?

c) Zeichne noch ein Rechteck, bei dem Länge und Breite gleich lang sind. Was stellst du fest?

▶ Ü 40-44

Einführung Rechteck, Umfang berechnen, Zeichnen mit dem Lineal
Der Umfang des Rechtecks kann auf verschiedene Arten berechnet werden. Die Kinder sollen selbst verschiedene Möglichkeiten entdecken.

7. Einmal rundherum

1 **Der Landgasthof Gruber baut selbst Gemüse an. Frau Gruber möchte einen Zaun um jedes Beet bauen, um die Hasen vom Fressen abzuhalten. Berechne zu jedem Beet den Umfang, damit man weiß, wie viele Meter Zaun jeweils gebraucht werden.**

a) Das Gurkenbeet ist 4 m lang und 2 m breit.

b) Das Salatbeet ist 8 m lang und 3 m breit.

c) Das Kräuterbeet ist quadratisch mit der Seitenlänge 2 Meter.

d) Das Kartoffelbeet ist 7 Meter lang und 6 Meter breit.

e) Ein quadratisches Karottenbeet ist 3 Meter breit.

2 **Die Felder sollen eingezäunt werden. Rechne aus, wie viele Meter Zaun jeweils gebraucht werden.**

a) Ein Maisfeld ist 40 Meter lang und 20 Meter breit.

b) Ein Weizenfeld ist 75 Meter lang und 25 Meter breit.

c) Ein quadratisches Kürbisfeld ist 30 Meter breit.

3 **Im Park gibt es ein Blumenbeet mit dem Umfang 16 Meter.**

a) Wie lang und wie breit ist das Beet, wenn es quadratisch ist?

b) Wie lang und wie breit könnte das Beet sein, wenn es rechteckig ist? Finde zwei verschiedene Lösungen und vergleiche sie mit anderen Kindern.

4 **Ein rechteckiges Beet ist doppelt so lang wie breit. Der Umfang beträgt 18 Meter. Wie lang und wie breit ist das Beet? Erkläre, wie du die Lösung gefunden hast.**

Bleib in Form!

5 **Denke dir selbst Additionen aus, die zu den Beschreibungen passen.**

a) Finde drei Additionen, deren Ergebnisse kleiner als 500 sind.

b) Finde drei Additionen, deren Ergebnisse größer als 500 sind.

▶ Ü 40-44

Sachaufgaben
5) Wiederholung: schriftliche Addition, es sind verschiedene Lösungen möglich; die Kinder wählen den Schwierigkeitsgrad der Aufgaben selbst

1 **Die Kinder sind müde vom Wandern.**

1–7

a) Sie wollen herausfinden, wer den schwersten Rucksack hat.
Sie haben 6 Rucksäcke. Wie oft müssen sie wiegen?

b) Vergleiche deine Schultasche mit anderen Kindern.

2 **Die Küchenwaage zeigt alle Gewichte in Gramm an. Verbinde die Anzeigen der Waage mit den Gewichten in den roten Kästchen.**

1 Kilogramm = 1 000 Gramm
1 kg = 1 000 g

1 Dekagramm = 10 Gramm
1 dag = 10 g

1 Kilogramm = 100 Dekagamm
1 kg = 100 dag

200 g   4 g   400 g

20 g   1000 g   4 g

20 dag   2 dag   40 dag   700 g

4 dag   40 g   1 kg   70 dag

3 **Setze die Zeile fort.**

Kilogramm, Dekagramm, Gramm, ______________________

▶ Ü 45–50

Vergleich von Gewichten (Massen), Maßeinheit Kilogramm, Dekagramm, Gramm
1) Dazu gibt es eine mathematische Abenteuergeschichte.

8. Unter freiem Himmel

1 **Wie schwer sind diese Dinge? Verbinde.**

zwei Büroklammern | 250 g | 1 kg | Tafel Schokolade | 2-Euro Münze | 10 dag | Becher Joghurt | 1 g | 1 dag | Packung Mehl

2 **Finde Dinge, die ungefähr so schwer sind.**

a) 1 Gramm　　c) 10 Dekagramm　　e) 500 Gramm
b) 1 Dekagramm　　d) 25 Dekagramm　　f) 1 Kilogramm

3 **Ergänze immer auf ein Kilogramm.**

200 g + 800 g = 1 kg　　400 g + ______ = 1 kg　　925 g + ______ = 1 kg
900 g + ______ = 1 kg　　______ + 20 g = 1 kg　　______ + 20 g = 1 kg

4 **Ergänze immer auf ein Kilogramm.**

40 dag + 60 dag = 1 kg　　75 dag + ______ = 1 kg　　______ + 3 dag = 1 kg
90 dag + ______ = 1 kg　　48 dag + ______ = 1 kg　　69 dag + ______ = 1 kg

5 **Wandle um.**

20 g = 2 dag　　500 g = ____ dag　　10 g = ____ dag　　50 g = ____ dag
100 g = ____ dag　　390 g = ____ dag　　570 g = ____ dag　　480 g = ____ dag

6 **Wandle um.**

1 dag = 10 g　　42 dag = ____ g　　15 dag = ____ g　　38 dag = ____ g
10 dag = ____ g　　100 dag = ____ g　　30 dag = ____ g　　84 dag = ____ g

Bleib in Form!

7 **Rechne.**

2 · 7 = ____　　6 · 3 = ____　　9 · 1 = ____　　2 · 3 = ____
3 · 4 = ____　　7 · 2 = ____　　4 · 8 = ____　　6 · 7 = ____
5 · 9 = ____　　8 · 6 = ____　　1 · 5 = ____　　9 · 4 = ____

▶ Ü 45–50 Maßumwandlungen, Aufgaben mit Gewichtsmaßen

8. Unter freiem Himmel

1 **Löse die Aufgaben und schreibe die Antworten.**

a) Du öffnest eine Packung mit 1 kg Mehl und nimmst 25 dag heraus. Wie viel Mehl ist noch in der Packung?

b) Maria öffnet eine Packung mit 1 kg Mehl. Nacheinander nimmt sie 100 g, 350 g und 70 g heraus. Wie viel Mehl ist noch in der Packung?

c) Eine Packung Butter wiegt 250 g. Ernesto verbraucht die Hälfte davon. Wie viel Butter ist noch übrig?

d) In einer Packung sind 500 g Nudeln. Nachdem Ine gekocht hat, sind noch 220 g in der Packung. Wie viel Gramm Nudeln hat Ine verbraucht?

e) Sophie öffnet eine neue Packung Staubzucker, in der zu Beginn 50 dag Zucker waren. Sie nimmt 100 g heraus. Wie viel Zucker bleibt in der Packung?

2 **Lies die Aufgaben und kreuze an, welche Rechenoperation jeweils zur Lösung führt. Löse die Aufgabe dann in deinem Heft.**

a) Ein Teller kostet 8 €. Wie viel kosten sechs Teller?

→ Hier muss man: ❑ Minusrechnen ❑ Malrechnen ❑ Teilen

b) Eine Küchenwaage kostet 38 €. Frau Antl bezahlt mit einem 50-Euro-Schein. Wie viel Geld bekommt sie zurück?

→ Hier muss man: ❑ Minusrechnen ❑ Malrechnen ❑ Plusrechnen

c) Fünf Gläser kosten 20 €. Wie viel kostet ein Glas?

→ Hier muss man: ❑ Plusrechnen ❑ Teilen ❑ Malrechnen

d) Die Rechnung von Herrn Gimpl beträgt 37 €. Herr Gimpl hat einen 15-€-Gutschein. Wie viel muss er noch bezahlen?

→ Hier muss man: ❑ Minusrechnen ❑ Plusrechnen ❑ Teilen

3 **Aufgabenwerkstatt**

Erfinde eine Rechengeschichte, in der 50 dag, 1 kg und 125 g vorkommen. Vergleiche mit anderen Kindern.

8. Unter freiem Himmel

1 **Lies die Sachaufgaben und schreibe die Antworten auf.**

Teilen mit Rest

a) Fasse immer 6 Maroni zu einem Sackerl zusammen.
Wie viele Sackerl bekommst du?
Bleiben Maroni übrig?

_____ Sackerl

_____ Rest

b) Fasse immer 5 Maroni zu einem Sackerl zusammen.
Wie viele Sackerl bekommst du?

_____ Sackerl

_____ Rest

2 **Lies die Sachaufgaben und schreibe die Antworten auf.**

a) Eine Frau fährt mit einem Hundeschlitten durch Kanada.
Sie hat 14 Dosen Hundefutter mit.
Jeden Tag braucht sie 4 Dosen für die Hunde.

Für wie viele Tage reicht das Futter?

_____ Tage

_____ Rest

b) Björn macht sich mit dem Hundeschlitten auf den Weg.
Jeden Tag fressen die Hunde sechs Dosen Hundefutter.
Für wie viele Tage reicht sein Vorrat von 58 Dosen?

_____ Tage

_____ Rest

Bleib in Form!

3 **Rechne.**

3 · 4 = _____	8 · 0 = _____	7 · 8 = _____	3 · 7 = _____
0 · 7 = _____	5 · 2 = _____	4 · 3 = _____	5 · 4 = _____
9 · 6 = _____	1 · 9 = _____	6 · 0 = _____	8 · 9 = _____

▶ Ü 45–50

Einführung: Teilen mit Rest. Zur Unterstützung kann Legematerial verwendet werden.
3) Wiederholung: Malrechnen

8. Unter freiem Himmel

1 **Wie oft sind die Zahlen enthalten?**
Wie viel bleibt Rest?

a) 6 in 20

20

6 | 6 | 6 | 2

20 : 6 = 3 mal, Rest 2

b) 10 in 43

43

10 | 10 | 10 | 10 | ___

c) 8 in 25

25

8 | 8 | 8 | ___

d) 7 in 19

19

7 | 7 | ___

e) 5 in 38

38

5 | 5 | 5 | 5 | 5 | 5 | 5 | ___

f) 9 in 50

50

9 | 9 | 9 | 9 | 9 | ___

R bedeutet Rest

2 **Rechne und kontrolliere selbst die Ergebnisse.**

15 : 2 = 7 R 1	15 : 4 = ___	10 : 3 = ___	12 : 5 = ___
18 : 5 = ___	27 : 6 = ___	36 : 8 = ___	37 : 7 = ___
7 : 2 = ___	27 : 5 = ___	18 : 7 = ___	57 : 9 = ___
35 : 4 = ___	18 : 8 = ___	13 : 2 = ___	46 : 5 = ___
13 : 3 = ___	26 : 4 = ___	50 : 9 = ___	62 : 7 = ___

Lösungen:

2 R 2	2 R 2	2 R 4	3 R 1	3 R 1	3 R 3	3 R 3	4 R 1	4 R 3	4 R 4
5 R 2	5 R 2	5 R 5	6 R 1	6 R 2	6 R 3	7 R 1	8 R 3	8 R 6	9 R 1

8. Unter freiem Himmel

1 Rechne.

$2 \cdot 30 =$ ____

$4 \cdot 20 =$ ____

$3 \cdot 50 =$ ____

2 Rechne. Was fällt dir auf?

$4 \cdot 2 =$ ____	$2 \cdot 8 =$ ____	$3 \cdot 9 =$ ____	$5 \cdot 7 =$ ____
$4 \cdot 20 =$ ____	$2 \cdot 80 =$ ____	$3 \cdot 90 =$ ____	$5 \cdot 70 =$ ____

3 Rechne und bilde die Tauschaufgaben.

$3 \cdot 70 =$ 210	$5 \cdot 20 =$ ____	$8 \cdot 40 =$ ____	$2 \cdot 90 =$ ____
$70 \cdot 3 = 210$	____	____	____
$6 \cdot 50 =$ ____	$9 \cdot 40 =$ ____	$4 \cdot 70 =$ ____	$3 \cdot 30 =$ ____
____	____	____	____

4 Rechne.

$7 \cdot 30 =$ ____	$30 \cdot 9 =$ ____	$6 \cdot 80 =$ ____	$80 \cdot 5 =$ ____
$4 \cdot 80 =$ ____	$50 \cdot 7 =$ ____	$2 \cdot 40 =$ ____	$60 \cdot 7 =$ ____
$5 \cdot 20 =$ ____	$40 \cdot 3 =$ ____	$7 \cdot 20 =$ ____	$90 \cdot 6 =$ ____

5 Rechne.

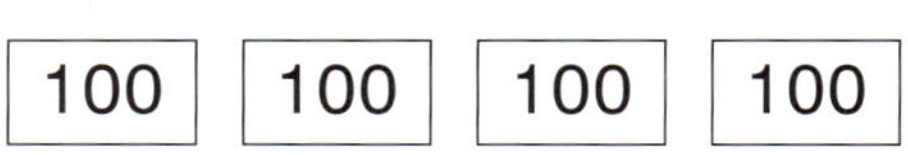

$4 \cdot 100 =$ ____

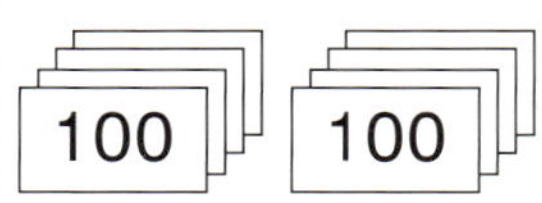

$2 \cdot 400 =$ ____

$3 \cdot 200 =$ ____

Bleib in Form!

6 Rechne und kontrolliere selbst die Ergebnisse.

$80 \cdot 2 =$ ____	$90 \cdot 1 =$ ____	$70 \cdot 8 =$ ____
$70 \cdot 2 =$ ____	$80 \cdot 2 =$ ____	$70 \cdot 7 =$ ____
$60 \cdot 2 =$ ____	$70 \cdot 3 =$ ____	$70 \cdot 6 =$ ____

Lösungen:

90	120	140
160	160	210
420	490	560

▶ Ü 45–50 Multiplikation mit ganzen Zehnern und Hundertern

1 Der Feuerwehrhauptmann und seine Frau sind auf eine Woche Schiurlaub eingeladen. Eine Übernachtung im Doppelzimmer kostet 126 €. Wie teuer ist eine Woche?

1–8

Erkläre, wie der Schatzmeister und Aron gerechnet haben.

126
126
126
126
126
126
126
(Übertrag: 1 4)
882

7 · 126 = ?

Schatzmeister

Aron

126 · 7 = ?
100 · 7 = 700
20 · 7 = 140
6 · 7 = 42
882

2 Löse die Aufgabe mit Hilfe von Malrechnungen. Rechne so viele Nebenrechnungen, wie du willst. Vergleiche deine Lösungen mit anderen Kindern.

halbschriftlich Rechnen

a) 83 · 6

83 · 6 = ?
80 · 6 = 480
3 · 6 = 18
480 + 18 = 498

g) 472 · 2

472 · 2 = ?
400 · 2 = 800
70 · 2 = 140
2 · 2 = 4

800
140
4
944

b) 72 · 8
c) 49 · 6
d) 56 · 7
e) 94 · 5
f) 87 · 9

h) 215 · 3
i) 158 · 4
j) 134 · 6
k) 321 · 3
l) 263 · 2

Es gibt keine feste Regeln für diese Rechnungen. Wählen deine Rechenschritte einfach so, dass du keine Fehler machst.

▶ Ü 51–55

Vorbereitung der schriftlichen Multiplikation
1) Dazu gibt es eine mathematische Abenteuergeschichte.
2) Diese schrittweise Berechnung ist eine Form der halbschriftlichen Multiplikation.

9. Hotel Pulverschnee

Schriftliche Multiplikation

Multiplikation heißt Malrechnung.
Statt malrechnen kann man auch multiplizieren sagen.

H	Z	E	
2	3	1	· 3
		3	

3 mal 1 gleich 3.

H	Z	E	
2	3	1	· 3
	9	3	

3 mal 3 gleich 9.

H	Z	E	
2	3	1	· 3
6	9	3	

3 mal 2 gleich 6.

1 **Setze die Zeile fort.**

Multiplikation, multiplizieren, Produkt

Multiplikation, multiplizieren, ______

2 **Rechne und kontrolliere selbst die Ergebnisse.**

H	Z	E	
3	4	2	· 2

H	Z	E	
	1	1	· 6

H	Z	E	
1	3	0	· 3

H	Z	E	
2	2	1	· 4

H	Z	E	
1	3	4	· 2

H	Z	E	
2	1	3	· 3

H	Z	E	
4	2	4	· 2

H	Z	E	
5	8	2	· 1

H	Z	E	
1	3	2	· 3

Lösungen: 66 | 268 | 390 | 396 | 582 | 639 | 684 | 848 | 884

3 **Rechne und kontrolliere selbst die Ergebnisse.**

143 · 2   302 · 3   412 · 2   210 · 4

1 4 3 · 2

Lösungen: 286 | 824 | 840 | 906

Bleib in Form!

4 **Rechne und kontrolliere selbst die Ergebnisse.**

7 : 2 = ____	28 : 3 = ____	11 : 4 = ____	49 : 5 = ____
14 : 3 = ____	30 : 9 = ____	7 : 1 = ____	10 : 2 = ____
25 : 4 = ____	37 : 7 = ____	58 : 7 = ____	50 : 7 = ____

Lösungen: 2 R3 | 3 R1 | 3 R3 | 4 R2 | 5 R0 | 5 R2 | 6 R1 | 7 R0 | 7 R1 | 8 R2 | 9 R1 | 9 R4

▶ Ü 51–55
Einführung der schriftlichen Multiplikation
4) Wiederholung: Teilen mit Rest

9. Hotel Pulverschnee

Schriftliche Multiplikation mit Überschreitung

H	Z	E	
2	1	8	· 3
	2		
		4	

3 mal 8 gleich 24.
4 an,
2 weiter.

Einer: 3 mal 8

(1)(1) (1)(1) (1)(1)
(1)(1) (1)(1) (1)(1)
(1)(1) (1)(1) (1)(1)
(1)(1) (1)(1) (1)(1)

24   10   10   (1)(1) (1)(1)

4 Einer werden angeschrieben.
2 Zehner geht als **Übertrag** weiter.

H	Z	E	
2	1	8	· 3
	2		
	5	4	

3 mal 1 gleich 3, plus 2 gleich 5.

H	Z	E	
2	1	8	· 3
	2		
6	5	4	

3 mal 2 gleich 6.

1 **Rechne und kontrolliere selbst die Ergebnisse.**

H Z E	H Z E	H Z E	H Z E	H Z E
2 1 6 · 3	3 8 4 · 2	4 0 9 · 2	1 7 1 · 5	3 9 2 · 2

H Z E	H Z E	H Z E	H Z E
1 6 5 · 4	2 5 3 · 3	1 4 7 · 5	2 4 9 · 4

Lösungen:
648 660 735
759 768 784
818 855 996

2 **Rechne und kontrolliere selbst die Ergebnisse.**

253 · 3   84 · 6   175 · 4   429 · 2

2 5 3 · 3

Lösungen:
504 700
759 858

3 **Rechne und kontrolliere selbst die Ergebnisse.**

a)	b)	c)	d)	e)
153 · 5	208 · 4	39 · 8	144 · 4	185 · 5
93 · 7	78 · 6	241 · 3	74 · 8	231 · 3
413 · 2	467 · 2	174 · 4	329 · 3	351 · 2
167 · 4	109 · 6	319 · 2	297 · 2	156 · 6

Lösungen:
312 468 576 592 594 638 651 654 668 693 696 702 723 765 826 832 925 934 936 987

▶ Ü 51–55

Einführung der schriftlichen Multiplikation
Tipp: Das Nachlegen einiger Aufgaben vertieft das Verständnis für den Übertrag.
Der Übertrag von Zehnern auf Hunderter kann analog gezeigt werden.

9. Hotel Pulverschnee

1 **Rechne und kontrolliere selbst die Ergebnisse.**

a) Multipliziere die Zahl 245 mit 3.

b) Multipliziere die Zahl 184 mit 5.

c) Berechne das Ergebnis der Multiplikation der Zahlen 213 und 4.

d) Addiere die Zahlen 429 und 53.

e) Berechne die Summe von 509 und 242.

f) Multipliziere 68 mit 4.

Lösungen: 272 | 482 | 735 | 751 | 852 | 920

2 **Lies die Aufgaben und löse sie im Heft.**

a) Der Parkplatz eines Hotels hat sechs Reihen mit je 18 Parkplätzen. Wie viele Autos können dort parken?

b) Der Parkplatz vor der Seilbahnstation hat 5 Reihen mit je 38 Parkplätzen und 3 Reihen mit je 26 Parkplätzen. Wie viele Autos können dort parken?

c) Auf einem Parkplatz stehen 69 Autos. 12 Parkplätze sind noch frei. Wie viele Parkplätze hat der Parkplatz insgesamt?

d) Vor dem Bahnhof stehen 48 Autos in 6 gleich langen Reihen. Wie viele Autos stehen in jeder Reihe?

e) Der Parkplatz vor der Schule hat 2 Reihen mit je 7 Parkplätzen und eine Reihe mit 5 Parkplätzen. Wie viele Autos können dort parken?

3 **Aufgabenwerkstatt**

Finde Rechengeschichten zu folgenden Rechnungen.

a) $24 \cdot 7$ b) $86 - 14$ c) $17 \cdot 8$ d) $261 + 199$ e) $21 : 3$

Bleib in Form!

4 **Schreibe die Rechnungen vollständig auf.**

29 : __ = 4 R1
29 : 7 = 4 R1

3__ : 4 = 8 R1

59 : __ = 5 R__

4__ : 9 = 4 R4

19 : __ = 3 R4

__1 : 7 = 4 R__

▶ Ü 51–55

Textverständnis, Sachaufgaben
3) Aufgabenwerkstatt: Hier sind verschiedene Lösungen möglich, auch als Partnerarbeit geeignet
4) Wiederholung: Teilen mit Rest

9. Hotel Pulverschnee

Hotel Pulverschnee ***

Das Hotel in herrlicher Lage bietet Entspannung, Erholung und jede Menge Spaß.
Es hat 8 Vierbettzimmer, 14 Dreibettzimmer und 48 Zweibettzimmer,
alle mit Dusche und WC.

Zimmerpreise, pro Nacht:

Zweibettzimmer	€ 116,-
Dreibettzimmer	€ 148,-
Vierbettzimmer	€ 165,-

Angebote, pro Tag, pro Person:

Therme	€ 37,-
Schipass	€ 59,-

1 **Hilf der Chefin des Hotels beim Rechnen.**
Wie viel müssen die Gäste bezahlen?

a) Familie Koslowski:
Ein Dreibettzimmer für drei Nächte
und sechs Schipässe.

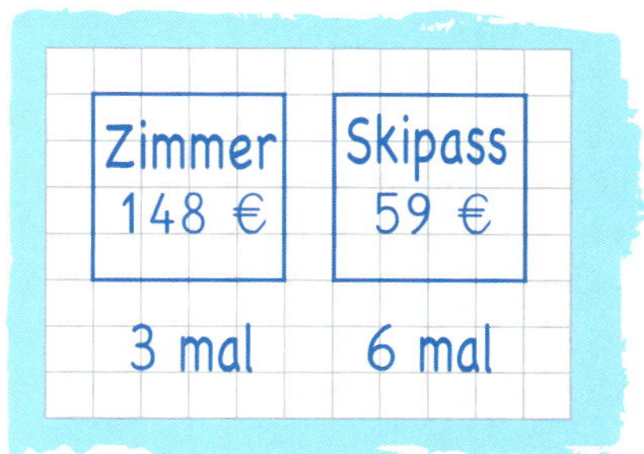

b) Herr Müller:
Ein Dreibettzimmer für vier Nächte,
drei Schipässe und drei Karten für die Therme.

c) Herr und Frau Hochhauser:
Ein Zweibettzimmer für fünf Nächte,
vier Schipässe und zwei Karten für die Therme.

Einfache Skizzen helfen dir, die Übersicht zu bewahren!

d) Wie viele Gäste können gleichzeitig
im Hotel Pulverschnee übernachten?

2 **Aufgabenwerkstatt**

a) Erfinde eine Geschichte zum Hotel Pulverschnee und stelle eine mathematische Frage.

b) Entwickle einen Plan, der dir hilft deine Aufgabe zu lösen.
Du kannst Rechnungen, Diagramme, Tabellen oder Skizzen verwenden.

c) Führe deinen Plan aus und beantworte deine Frage.

d) Überprüfe, ob die Antwort zu deiner Frage und zu deiner Geschichte passt
und ob das Ergebnis stimmen kann.

e) Stelle deine Geschichte einem anderen Kind vor.
Beschreibe, wie du deine Aufgabe gelöst hast.
Überlege, wie man deine Aufgabe auch anders lösen kann.

▶ Ü 51–55

Sachaufgaben Schwerpunkt: schriftliche Addition und Multiplikation
2) Aufgabenwerkstatt: Hier sind verschiedene Lösungen möglich, auch als Partnerarbeit geeignet

9. Hotel Pulverschnee

Vorteilhaft multiplizieren

1 **Rechne vorteilhaft.**

19 · 3 = ?

20 · 3 = 60
19 · 3 = 60 − 3

19 (1) 19 (1) 19 (1)

19 · 3 = 57

Aus 19 · 3 mach ich 20 · 3, weil ich mit 20 leichter rechnen kann.

a) 19 · 4 = ?
20 · 4 = ____
19 · 4 = ____ − ____
19 · 4 = ____

b) 19 · 2 = ?
20 · 2 = ____
19 · 2 = ____ − ____
19 · 2 = ____

c) 29 · 3 = ?
30 · 3 = ____
29 · 3 = ____ − ____
29 · 3 = ____

2 **Rechne vorteilhaft und kontrolliere selbst die Ergebnisse.**

19 · 6 = ____	199 · 3 = ____	299 · 3 = ____
69 · 2 = ____	39 · 4 = ____	99 · 9 = ____
79 · 3 = ____	399 · 2 = ____	39 · 3 = ____
49 · 4 = ____	69 · 3 = ____	59 · 2 = ____

Lösungen:

114	117	118
138	156	196
207	237	597
798	891	897

3 **Kopfrechnen oder schriftlich rechnen?**
Entscheide, wie du die Rechnungen lösen willst, bevor du die Aufgaben rechnest.
Schreibe ein K für Kopfrechnen oder ein S für schriftliches Rechnen in die Kästchen.

a)		b)		c)	
K	99 · 6 = ____	☐	193 · 4 = ____	☐	99 · 7 = ____
S	183 · 4 = ____	☐	50 · 7 = ____	☐	4 · 100 = ____
K	200 · 3 = ____	☐	56 · 6 = ____	☐	56 · 10 = ____
☐	17 · 10 = ____	☐	74 · 10 = ____	☐	138 · 3 = ____

Bleib in Form!

4 **Finde Rechnungen zu diesen Resten.**

19 : 3 = 6 R1 ____ : ____ = ____ R2 ____ : ____ = ____ R3

____ : ____ = ____ R1 ____ : ____ = ____ R2 ____ : ____ = ____ R4

▸ Ü 51–55 Vorteilhaft multiplizieren
4) Wiederholung: Teilen mit Rest

Plus- und Minusrechnen im Kopf

1 **Rechne das Ergebnis aus und finde zu jeder Rechnung eine Aufgabe, die einfacher ist und eine Aufgabe, die schwieriger ist. Besprich deine Überlegungen mit einem anderen Kind.**

a) Aufgabe: 48 + 20 = ____
einfacher: 40 + 20 = ____
schwieriger: 48 + 26 = ____

b) Aufgabe: 72 + 12 = ____
einfacher: ____ + ____ = ____
schwieriger: ____ + ____ = ____

c) Aufgabe: 285 + 100 = ____
einfacher: ____ + ____ = ____
schwieriger: ____ + ____ = ____

d) Aufgabe: 368 + 299 = ____
einfacher: ____ + ____ = ____
schwieriger: ____ + ____ = ____

e) Aufgabe: 74 - 3 = ____
einfacher: ____ - ____ = ____
schwieriger: ____ - ____ = ____

f) Aufgabe: 83 - 31 = ____
einfacher: ____ - ____ = ____
schwieriger: ____ - ____ = ____

g) Aufgabe: 465 - 50 = ____
einfacher: ____ - ____ = ____
schwieriger: ____ - ____ = ____

h) Aufgabe: 800 - 99 = ____
einfacher: ____ - ____ = ____
schwieriger: ____ - ____ = ____

2 Hole dir deinen Stern! 6

a) Rechne.

45 + 6 = ____ ☐	200 + 300 = ____ ☐	547 + 120 = ____ ☐
82 + 17 = ____ ☐	160 + 500 = ____ ☐	354 + 199 = ____ ☐
34 + 58 = ____ ☐	425 + 30 = ____ ☐	672 + 49 = ____ ☐

b) Rechne.

63 - 6 = ____ ☐	600 - 100 = ____ ☐	568 - 120 = ____ ☐
74 - 21 = ____ ☐	860 - 200 = ____ ☐	920 - 250 = ____ ☐
83 - 59 = ____ ☐	390 - 150 = ____ ☐	473 - 42 = ____ ☐

➜ Die Lösungen der Aufgaben und die Auswertung findest du im Lösungsheft.

▶ Ü 56–61

Wiederholungskapitel. Übungen und Selbsttest: Plus- und Minusrechnen im Kopf
1) Verschiedene Lösungen und Begründungen sind möglich.
„Einfacher“ und „schwieriger“ sind individuelle Beurteilungskriterien.

10. Zeig, was du kannst!

Malrechnen und Teilen

1 **Rechne und kontrolliere selbst die Ergebnisse.**

a) Malrechnen

8 · 9 = ___	6 · 5 = ___	4 · 4 = ___	5 · 9 = ___
3 · 7 = ___	7 · 7 = ___	3 · 2 = ___	6 · 6 = ___
5 · 2 = ___	4 · 8 = ___	8 · 5 = ___	1 · 0 = ___

Lösungen:

0	6	10	16
21	30	32	36
40	45	49	72

b) Vorteilhaft malrechnen

20 · 6 = ___	2 · 90 = ___	19 · 2 = ___	19 · 4 = ___
80 · 3 = ___	6 · 80 = ___	29 · 2 = ___	99 · 3 = ___
60 · 7 = ___	4 · 30 = ___	39 · 2 = ___	299 · 2 = ___

Lösungen:

38	58	76
78	120	120
180	240	297
420	480	598

c) Teilen

15 : 3 = ___	18 : 6 = ___	18 : 2 = ___	16 : 8 = ___
50 : 10 = ___	63 : 9 = ___	7 : 1 = ___	20 : 5 = ___
20 : 2 = ___	24 : 4 = ___	0 : 8 = ___	56 : 7 = ___

Lösungen:

0	2	3	4
5	5	6	7
7	8	9	10

d) Teilen mit Rest

22 : 5 = ___	50 : 7 = ___	15 : 8 = ___
17 : 2 = ___	43 : 8 = ___	28 : 6 = ___
35 : 4 = ___	34 : 9 = ___	3 : 5 = ___

Lösungen:

0 R3	1 R7	3 R7
4 R2	4 R4	5 R3
7 R1	8 R1	8 R3

7 Hole dir deinen Stern!

2

a) Rechne.

2 · 9 = ___ ☐	70 · 2 = ___ ☐	99 · 2 = ___ ☐
6 · 6 = ___ ☐	30 · 4 = ___ ☐	199 · 4 = ___ ☐
4 · 7 = ___ ☐	200 · 3 = ___ ☐	99 · 8 = ___ ☐

b) Rechne.

56 : 8 = ___ ☐	13 : 2 = ___ ☐	50 : 2 = ___ ☐
27 : 3 = ___ ☐	50 : 6 = ___ ☐	240 : 3 = ___ ☐
32 : 4 = ___ ☐	3 : 9 = ___ ☐	300 : 5 = ___ ☐

➜ Die Lösungen der Aufgaben und die Auswertung findest du im Lösungsheft.

▶ Ü 56–61 Wiederholungskapitel. Übungen und Selbsttest: Malrechnen und Teilen

Schriftliche Addition und Multiplikation

1 **Rechne und kontrolliere selbst die Ergebnisse.**

a) Schriftliche Addition

253	372	583	436	279
416	201	241	485	152

Lösungen: 431, 573, 669, 824, 921

b) Schriftliche Multiplikation

$204 \cdot 2$ $218 \cdot 4$ $169 \cdot 3$ $118 \cdot 6$

Lösungen: 408, 507, 708, 872

c) Löse die Aufgaben in deinem Heft.

$414 \cdot 2$ $184 + 41 + 217$ $629 + 208$ $67 \cdot 8$ $52 \cdot 9$ $118 \cdot 7$ $304 + 75$ $225 + 9 + 138$ $67 + 163$ $83 \cdot 6$ $295 + 164$ $496 + 215 + 102$

Lösungen: 230, 372, 379, 442, 459, 468, 498, 536, 813, 826, 828, 837

Hole dir deinen Stern! 8

2 a) Rechne.

		148	526
	49	32	143
152	321	315	42
401	154	204	217

b) Rechne.

$132 \cdot 3$ $73 \cdot 9$ $127 \cdot 5$

→ Die Lösungen der Aufgaben und die Auswertung findest du im Lösungsheft.

10. Zeig, was du kannst!

Geometrie

1 a) Zeichne ein Quadrat.
s = 4 cm 2 mm

b) Zeichne ein Rechteck.
l = 4 cm 8 mm
b = 2 cm 5 mm

9 Hole dir deinen Stern!

2 a) Wie lang sind diese Strecken? Miss mit dem Lineal.

________ ☐ ________ ☐ ________ ☐

b) Berechne jeweils den Umfang dieser Figuren.

Quadrat
s = 7 mm ☐

Quadrat
s = 43 mm ☐

Rechteck
l = 9 cm, b = 5 cm ☐

c) Ein Blumenbeet soll eingezäunt werden.
Es ist rechteckig mit 6 Meter Länge und 2 Meter Breite.
Wie viele Meter Zaun werden benötigt? ☐

→ Die Lösungen der Aufgaben und die Auswertung findest du im Lösungsheft.

10. Zeig, was du kannst!

Sachaufgaben

1 **Lies die Sachaufgaben und rechne im Heft.**
Schreibe einen ganzen Satz als Antwort.
Kontrolliere deine Ergebnisse mit Hilfe der Lösungszahlen.

a) Im Frühstücksraum stehen 34 Tische.
Wie viele Tische sind noch frei, wenn bereits 26 Tische besetzt sind?

b) Die 22 Personen eines Schivereins kommen zum Frühstück.
Wie viele Tische brauchen sie, wenn an einem Tisch höchstens sechs Personen sitzen können?

c) Ein Einzelzimmer kostet 86 €. Ein Doppelzimmer kostet 118 €.
Petra und Gerda nehmen ein Doppelzimmer und teilen die Kosten.
Wie viel Geld hat jedes der Mädchen im Vergleich zu einem Einzelzimmer gespart?

d) Die Schilifte am Koglberg und auf der Eisspitze haben ein Drehkreuz, das mitzählt, wie viele Personen den Lift benutzen.
Am Mittwoch fuhren 895 Personen mit dem Koglberglift.
Der Liftbetreiber rechnet aus: „Das waren um 58 Personen mehr als beim Eisspitzlift."
Wie viele Personen fuhren mit dem Eisspitzlift?

Lösungszahlen: 4 | 8 | 27 | 837

2 10 Hole dir deinen Stern!

a) An einem Wintertag wurden 78 Liftkarten für Erwachsene und 30 Liftkarten für Kinder verkauft. Wie viele Karten waren das insgesamt?

R: ______________________________

A: ______________________________ ☐

b) Ein Hotel hat 13 Vierbettzimmer und 28 Doppelzimmer.
Wie viele Betten hat das Hotel insgesamt?

R: ______________________________

A: ______________________________ ☐

c) Die Leihgebühr für ein Paar Schi beträgt 29 €, für ein Snowboard 27 €.
Thomas leiht ein Snowboard aus und gibt dem Kassier 50 €.
Wie viel Wechselgeld bekommt er zurück?

R: ______________________________

A: ______________________________ ☐

→ Die Lösungen der Aufgaben und die Auswertung findest du im Lösungsheft.

Knobelaufgabe

Überlege, wie du die Knobelaufgabe lösen kannst.
Sprich mit anderen Kindern darüber.

1 Die Kinder legen Streichholzmuster. Ergänze die Tabellen.

a) Beate will eine lange Reihe mit Quadraten legen.
Wie viele Streichhölzer braucht sie?

Quadrate:	1	2	3	4	5	20	78
Streichhölzer:	4	8					

b) Rudi legt auch eine Reihe mit Quadraten, aber anders als Beate. Wie viele Streichhölzer braucht er?

Quadrate:	1	2	3	4	5	20	78
Streichhölzer:	4						

c) Andrea legt ihre Reihe mit immer zwei Streichhölzern pro Seite.
Wie viele Streichhölzer braucht sie?

Quadrate:	1	2	3	4	5	30	69
Streichhölzer:	8						

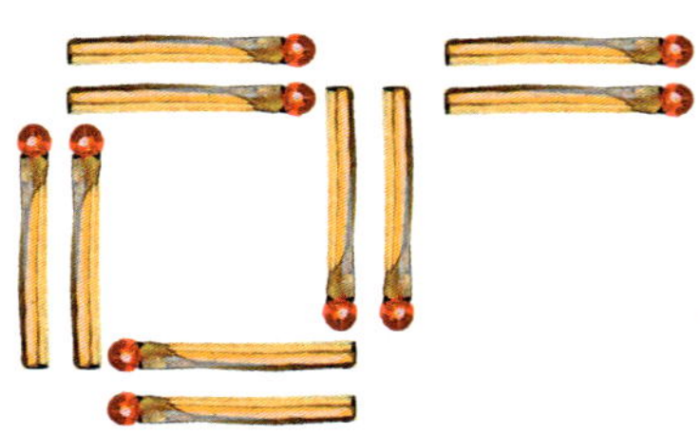

d) Denke dir selbst ein Streichholzmuster aus und erstelle eine Tabelle.

Arbeitsform: ICH – DU – WIR
Die Kinder befassen sich erst einzeln mit der Aufgabe, bevor sie in Partnerarbeit oder Kleingruppen ihre Ideen fertig entwickeln. Am Ende werden Ergebnisse, Beobachtungen und Lösungswege in der Klasse ausgetauscht („Strategiekonferenz").

11. Abverkauf

1 Um wie viel Euro sind die Gegenstände billiger geworden?

2-1

a) Das Flugzeug kostet statt 153 € nur mehr 81 €.
Wie haben die Kinder die Aufgabe gelöst? Erkläre.

153-81=?

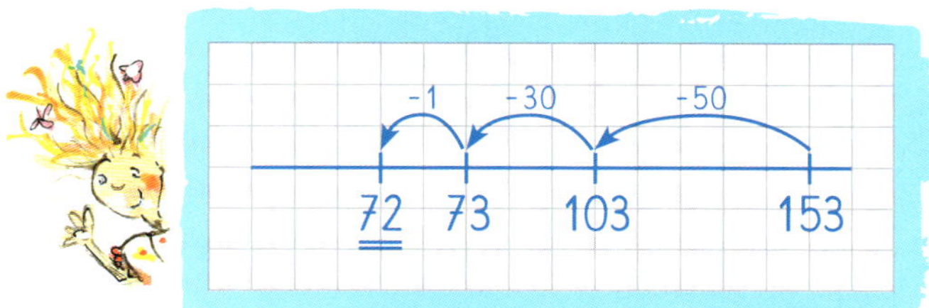

halbschriftlich Rechnen,
Teilrechnungen

153 - 1 = 152
152 - 80 = 72

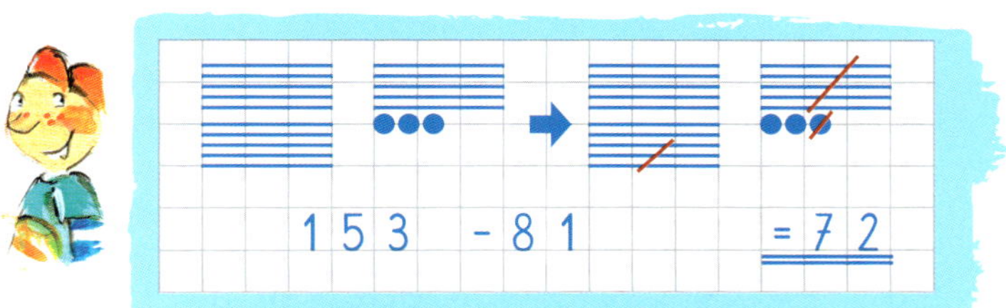

Lege die Rechnungen mit Spielgeld!

b) Ergänze die Zahlen in der Tabelle.
Probiere die Tricks von Linn, Aron und Cedric.

Alter Preis:	129 €		
Neuer Preis:	95 €		
Ersparnis:			

Ü 62–66

Vorbereitung der schriftlichen Subtraktion, stellenweises Rechnen, halbschriftliche Subtraktion
1) Dazu gibt es eine mathematische Abenteuergeschichte.
Lassen Sie die Kinder die Rechnungen mit Legematerial legen.

11. Abverkauf

1 **Rechne und kontrolliere selbst die Ergebnisse.**
Vergleiche deine Rechenwege mit anderen Kindern.

a) 743 - 58	d) 839 - 71	g) 874 - 321	j) 896 - 432
b) 921 - 37	e) 374 - 45	h) 609 - 258	k) 507 - 284
c) 506 - 24	f) 615 - 83	i) 742 - 195	l) 928 - 561

Lösungen: 223 | 329 | 351 | 367 | 464 | 482 | 532 | 547 | 553 | 685 | 768 | 884

Ergänzungsrechnungen

2 **Rechne.**

851 + 3 = 854	234 + 50 = 284	342 + 200 = 542
214 + ___ = 216	527 + ___ = 557	578 + ___ = 978
452 + ___ = 459	813 + ___ = 873	836 + ___ = 936
737 + ___ = 738	369 + ___ = 399	193 + ___ = 493
646 + ___ = 649	945 + ___ = 965	457 + ___ = 857

3 **Rechne.**

514 + ___ = 549	635 + ___ = 658	862 + ___ = 867
549 - 514 = ___	658 - 635 = ___	867 - 862 = ___
253 + ___ = 293	496 + ___ = 796	318 + ___ = 378
293 - 253 = ___	796 - 496 = ___	378 - 318 = ___
723 + ___ = 823	982 + ___ = 989	638 + ___ = 658
823 - 723 = ___	989 - 982 = ___	658 - 683 = ___

Bleib in Form!

4 **Finde mit diesen drei Ziffern Zahlen, die zu den Fragen passen.**

a) Bilde die größte mögliche Zahl: ___

b) Bilde die kleinste mögliche dreistellige Zahl: ___

c) Bilde alle geraden Zahlen, die mit diesen Karten möglich sind (ein-, zwei- und dreistellig):

___

d) Bilde alle ungeraden Zahlen, die mit diesen Karten möglich sind (ein-, zwei- und dreistellig):

___

▶ Ü 62–66

Vorbereitung der schriftlichen Subtraktion, additives Ergänzen
3) Additives Ergänzen oder Subtraktion
4) Wiederholung: Zahlenraum 1000

11. Abverkauf

Schriftliche Subtraktion

Subtraktion, subtrahieren, Differenz

Subtraktion heißt Minusrechnung.

Statt minusrechnen kann man auch subtrahieren sagen.

Das Ergebnis der Subtraktion heißt Differenz.

	H	Z	E
	5	6	9
-	1	4	6
			3

6 plus 3 gleich 9.

➡

	H	Z	E
	5	6	9
-	1	4	6
		2	3

4 plus 2 gleich 6.

➡

	H	Z	E
	5	6	9
-	1	4	6
	4	2	3

1 plus 4 gleich 5.

1 **Rechne und kontrolliere selbst die Ergebnisse.**

	H	Z	E
	7	5	4
-	6	0	2
	1	5	2

	H	Z	E
	9	8	3
-	4	6	0

	H	Z	E
	3	6	8
-		3	2

	H	Z	E
	5	7	1
-	2	6	1

	H	Z	E
	6	1	8
-	4	0	4

	H	Z	E
	8	5	6
-	2	1	3

	H	Z	E
	7	9	3
-		5	2

	H	Z	E
	9	4	5
-	3	2	1

	H	Z	E
	4	4	8
-	2	4	0

	H	Z	E
	8	9	6
-	1	6	5

	H	Z	E
	9	8	4
-	4	6	1

Lösungen:
152 ✓ | 208 | 214 | 310 | 336 | 523 | 523 | 624 | 643 | 731 | 741

2 **Rechne und kontrolliere selbst die Ergebnisse.**

846 - 215

	8	4	6
-	2	1	5

293 - 142

752 - 231

847 - 26

576 - 323

Lösungen:
151 | 253 | 521 | 631 | 821

3 **Löse die Aufgaben in deinem Heft.**

a) Subtrahiere die Zahl 126 von der Zahl 487.

b) Subtrahiere die Zahl 54 von der Zahl 896.

c) Berechne die Differenz von 658 und 206.

d) Welches Ergebnis erhält man, wenn man von der Zahl 247 die Zahl 141 subtrahiert?

4 **Schreibe die Rechnungen in Worten.**
Verwende dabei die Fachsprache. Mustersätze findest du in Aufgabe 3.

a) 167-45=122 b) 998-136=862 c) 563-51=512 d) 279-152=127

▶ Ü 62–66 Einführung der schriftlichen Subtraktion

11. Abverkauf

1 **Löse die Aufgaben in deinem Heft.**

a) Peter und Felix haben im Schlussverkauf Eislaufausrüstungen gekauft. Peter hat insgesamt 376 Euro ausgegeben, Felix nur 312 Euro. Um wie viel hat Peter mehr ausgegeben?

b) Die Eislaufschuhe von Andrea haben 189 Euro gekostet. Leas Eislaufschuhe haben 76 Euro gekostet. Um wie viel waren Leas Schuhe billiger?

2 **Löse die Aufgaben in deinem Heft.**

a) 845 Personen laufen auf dem Teich Schlittschuh. 231 davon haben ermäßigte Karten gekauft. Wie viele haben den vollen Preis bezahlt?

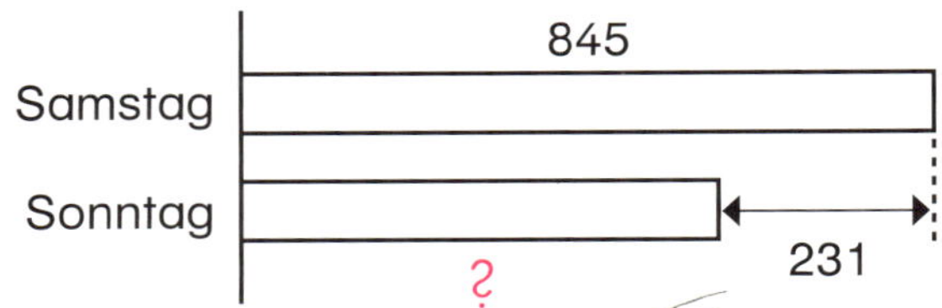

b) „Gestern waren 372 Personen auf dem Teich. Heute sind es leider 132 weniger“, sagt der Kartenverkäufer. Wie viele Personen sind heute auf dem Teich?

3 **Löse die Aufgaben in deinem Heft.**

a) Beim Eishockeyspiel Blaukirchen gegen Rothofen waren 679 Fans von Blaukirchen und 318 Fans von Rothofen dabei. Um wie viele Fans hatte Blaukirchen mehr? Wie viele Zuseherinnen und Zuseher waren insgesamt beim Spiel?

b) Beim Spiel Weststadt gegen Nordstadt schauten 486 Fans von Weststadt zu. Nordstadt hatte 352 Fans im Stadion. Um wie viele Fans hatte Nordstadt weniger? Wie viele Fans waren insgesamt im Stadion?

4 **Aufgabenwerkstatt**

Denke dir eine Aufgabe zum Thema Wintersport aus und stelle eine mathematische Frage. Löse deine Aufgabe und beschreibe oder zeichne, wie du die Aufgabe gelöst hast.

Bleib in Form!

5 **Wähle drei Ziffern und schreibe sie in die Karten. Bilde mit diesen Ziffern Zahlen, die zu den Fragen passen.**

a) Bilde vier verschiedene dreistellige Zahlen und ordne sie der Größe nach. Beginne bei der kleinsten Zahl.

____

b) Bilde drei verschiedene zweistellige Zahlen und runde sie auf ganze Zehner.

_____ ≈ _____ _____ ≈ _____ _____ ≈ _____

c) Bilde die größtmögliche Zahl und runde sie auf ganze Hunderter. _____ ≈ _____

▶ Ü 62–66

Sachaufgaben mit Balkenmodellen, Schwerpunkt: Subtraktion
5) Wiederholung: Zahlenraum 1000

Schriftliche Subtraktion mit Übertrag

	1	9	2
–		6	8
			?

8 plus wie viel ist gleich 2? Das geht nicht.

Wir addieren oben 10 Einer und unten 1 Zehner.

			10
	1	9	2
–		6	8
		1	
			4

8 plus 4 gleich 12. 1 weiter.

	1	9	2
–		6	8
		1	
		2	4

1 plus 6 gleich 7. 7 plus 2 gleich 9.

	1	9	2
–		6	8
		1	
	1	2	4

0 plus 1 gleich 1.

Warum funktioniert das?
Wenn wir zu beiden Zahlen gleich viel addieren, bleibt die Differenz gleich.

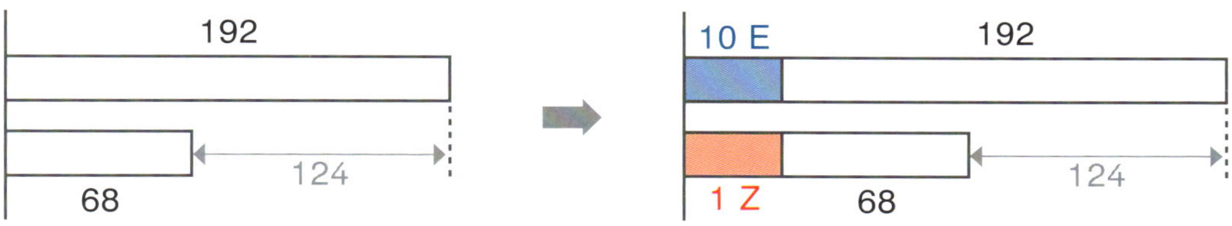

1 **Rechne und kontrolliere selbst die Ergebnisse.**

472 - 239   891 - 164   543 - 108   765 - 319   264 - 36

	4	7	2
–	2	3	9

860 - 517   941 - 228   590 - 153   278 - 129

Lösungen: 149 228 233 343 435 437 446 713 727

2 **Rechne und kontrolliere selbst die Ergebnisse.**

a) 681 - 439
956 - 217
890 - 146

b) 363 - 128
571 - 235
482 - 156

c) 592 - 415
886 - 325
354 - 222

d) 623 - 309
849 - 211
640 - 414

e) 486 - 315
766 - 438
194 - 35

Lösungen: 132 159 171 177 226 235 242 314 326 328 336 561 638 739 744

▶ Ü 62–66 Schriftliche Subtraktion mit Unterschreitung, Erweitern um 10

11. Abverkauf

	3	1	6
-	1	9	3
			3

3 plus 3 gleich 6.

9 plus wie viel ist gleich 1?
Das geht nicht.

Wir addieren oben 10 Zehner und unten 1 Hunderter.

		10	
	3	1	6
-	1	9	3
	1		
		2	3

9 plus 2 gleich 11.
1 weiter.

	3	1	6
-	1	9	3
	1		
	1	2	3

1 plus 1 gleich 2.
2 plus 1 gleich 3.

Wenn wir zu beiden Zahlen gleich viel addieren, bleibt die Differenz gleich.

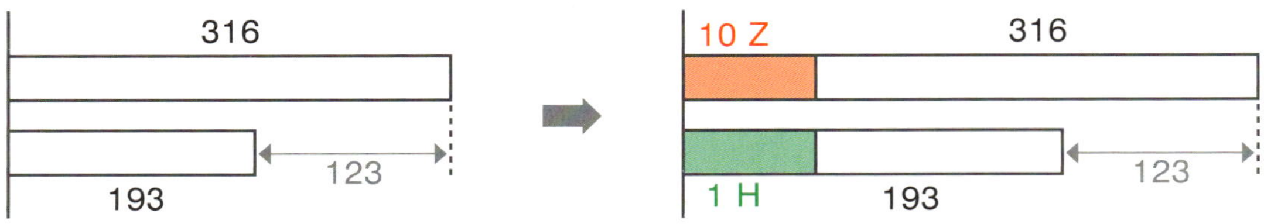

1 **Rechne und kontrolliere selbst die Ergebnisse.**

306 - 182 | 859 - 288 | 614 - 131 | 867 - 95

	3	0	6
-	1	8	2

Lösungen: 124, 483, 571, 772

2 **Rechne und kontrolliere selbst die Ergebnisse.**

500 - 245 | 400 - 279 | 900 - 461 | 700 - 53

Lösungen: 121, 255, 439, 647

Bleib in Form!

3 **Finde drei Ziffern, auf die diese Beschreibungen passen.**

- Man kann mit diesen Ziffern keine gerade Zahl bilden.
- Die kleinste dreistellige Zahl, die man bilden kann, ist größer als 200.
- Die drei Ziffern sind verschieden.

Möglichkeit 1:

Möglichkeit 2:

Ü 62–66

Schriftliche Subtraktion mit Unterschreitung, Erweitern um 100
3) Wiederholung: Zahlenraum 1000

11. Abverkauf

1 **Finde passende Fragen und löse die Aufgaben.**

Probe

a) Ein Pullover kostete bis gestern 60 €.
Lena hat Glück, denn heute kostet er nur die Hälfte.

b) Die Rechnung von Herrn Dudek beträgt 154 €.
Er gibt dem Kassier 200 €.

c) Paul hat 306 € in der Geldbörse.
Er kauft drei T-Shirts um je 27 € und eine Hose um 65 €.

d) Herr Kralic bezahlt 412 € für zwei Pullover und eine Jacke.
Die Pullover haben jeweils 74 € gekostet.

e) Susanne hat 500 € gewonnen.
Sie kauft sich um das Geld ein Handy um 198 €.

f) Jelena bezahlt für drei Strumpfhosen 30 €.

2 **Aufgabenwerkstatt**

Schreibe diese Aufgabe fertig und löse sie:

Frau Nowak hat 218 € in ihrer Geldbörse …

Probe bei der Subtraktion

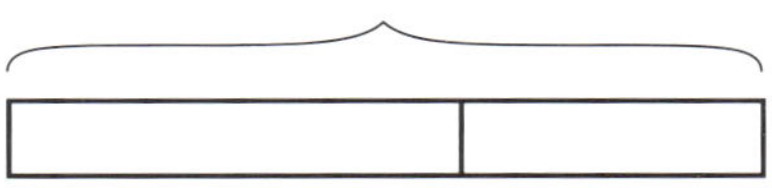

Rechnung:		**Probe:**
Personen	→	Männer
– Frauen		+ Frauen
Männer		Personen

3 **Rechne mit Probe.**

536 - 164 Probe:

	5	3	6
-	1	6	4
	1		
	3	7	2

	3	7	2
	1	6	4
	1		
	5	3	6 ✓

734 - 385 Probe:

600 - 276 Probe:

315 - 182 Probe:

905 - 547 Probe:

450 - 259 Probe:

▶ Ü 62–66

Sachaufgaben mit Geld, Probe bei der Subtraktion
2) Aufgabenwerkstatt: Hier sind verschiedene Lösungen möglich, auch als Partnerarbeit geeignet

11. Abverkauf

Probe bei der Addition

Personen

Frauen	Männer

Rechnung:	Probe 1:	Probe 2:
Frauen	Personen	Personen
+ Männer	– Frauen	– Männer
Personen	Männer	Frauen

1 **Rechne mit einer der beiden Proben.**

218 + 394 Probe:

```
  2 1 8        6 1 2
  3 9 4      - 2 1 8
  1 1          1 1
  6 1 2        3 9 4 ✓
```

154 + 488 Probe:

370 + 285 Probe:

653 + 68 Probe:

389 + 266 Probe:

587 + 234 Probe:

Kopfrechnen oder schriftliche Subtraktion?

2 **Entscheide, wie du die Rechnungen lösen willst, bevor du die Aufgaben rechnest.**
Schreibe ein K für Kopfrechnen oder ein S für schriftliches Rechnen in die Kästchen.

K	750 − 30 = ____		854 − 99 = ____
K	400 − 99 = ____		660 − 599 = ____
S	532 − 267 = ____		714 − 20 = ____
	485 − 200 = ____		903 − 354 = ____
	327 − 12 = ____		400 − 143 = ____

Rechne die schriftlichen Subtraktionen in deinem Heft!

Bleib in Form!

3 **SPIEL: Zahlen würfeln**

Spiele mit einem anderen Kind. Das jüngere Kind würfelt zuerst. Es darf die geworfene Zahl in eines der Felder auf seinem Spielplan eintragen. Dann ist das andere Kind an der Reihe. Es wird so lange abwechselnd gewürfelt, bis beide Kinder ihre Felder vollgeschrieben haben.

Auswertung: Vergleicht die Zahlen. Tragt <, > oder = in die Kreise ein. Die jeweils größere Zahl gewinnt.

	Kind 1: ____				Kind 2: ____		
	H	Z	E		H	Z	E
Zahl 1:				○			
Zahl 2:				○			
Zahl 3:				○			

Ü 62–66

Schriftliche Addition und Subtraktion, Probe
2) Jedes Kind entscheidet selbst, wie es die Aufgaben rechnen möchte.
3) Wiederholung: Zahlenraum 1000

12. Pünktlich wie die Eisenbahn

1 **Beantworte die Fragen mit Hilfe der Landkarte von Prinz Cedrics Königreich.**

2–2

Wie lang sind diese Strecken?

Hauptstadt – Osthof: ______

Suwen – Südstadt: ______

Osthof – Nost: ______

Westend – Suwen: ______

Von Hauptstadt nach Suwen über Südstadt: ______

Von Nost nach Hauptstadt: ______

Von Westend nach Osthof über Hauptstadt: ______

Von Osthof nach Suwen über Westend: ______

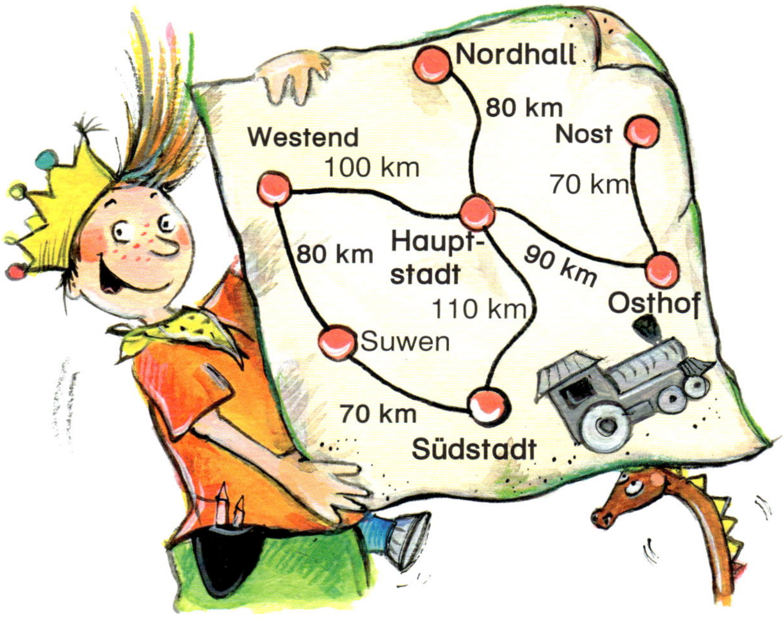

1 Kilometer = 1 000 Meter
1 km = 1 000 m

2 **Aufgabenwerkstatt**

Finde selbst Aufgaben zur Landkarte und löse sie.

3 **Setze die Zeile fort.**

Meter, Kilometer, Meter, ______

4 **Ergänze immer auf einen Kilometer und kontrolliere selbst die Ergebnisse.**

1 km		
800 m	+	200 m
500 m	+	______
______	+	100 m
600 m	+	______
______	+	300 m
______	+	1 000 m

1 km		
950 m	+	______
______	+	10 m
750 m	+	______
860 m	+	______
190 m	+	______
______	+	310 m

1 km		
______	+	2 m
969 m	+	______
801 m	+	______
______	+	25 m
______	+	999 m
______	+	12 m

Lösungen: 0 | 1 | 31 | 50 | 140 | 199 | 200 ✓ | 250 | 400 | 500 | 690 | 700 | 810 | 900 | 975 | 988 | 990 | 998

▶ Ü 67–72

Einführung: Kilometer, Wiederholung: Pläne lesen, Sachaufgaben
1) Dazu gibt es eine mathematische Abenteuergeschichte.

12. Pünktlich wie die Eisenbahn

1 **Der königliche Expresszug fährt von Nost nach Südstadt. In den Stationen werden Wagons und Lokomotiven angehängt und abgehängt. Rechne mit, welche Länge der Zug auf den einzelnen Strecken hat.**

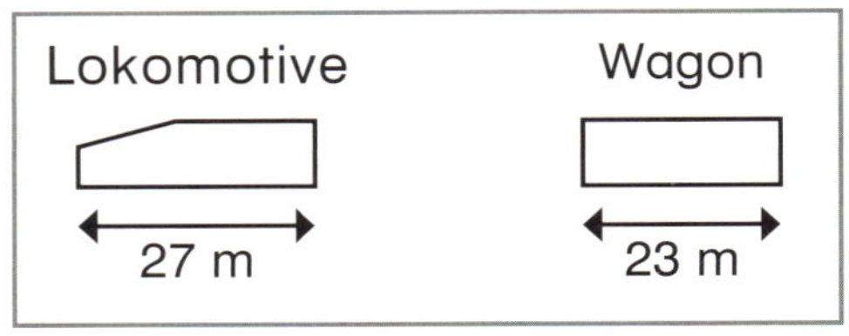

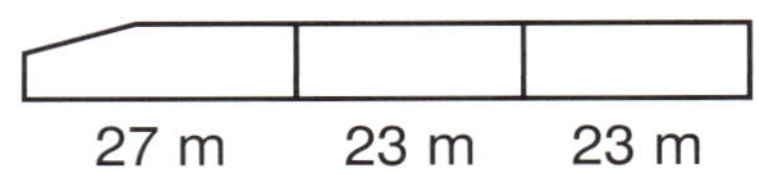

Nost – Der Zug startet mit einer Lokomotive und zwei Wagons.

Länge des Zuges: ____________

Osthof – In Osthof werden zwei Wagons angehängt.

Länge des Zuges: ____________

Hauptstadt – In Hauptstadt kommen noch drei Wagons und eine Lok dazu.

Länge des Zuges: ____________

Westend – In Westend werden zwei Wagons abgehängt.

Länge des Zuges: ____________

Suwen – In Suwen wird eine Lok abgehängt.

Länge des Zuges: ____________

Südstadt – Zeichne den Zug. ______________________________

2 **Durch welche Stadt in der Skizze auf Seite 75 ist der Zug nicht gefahren?**

____

Bleib in Form!

3 a) **Rechne und kontrolliere selbst die Ergebnisse.**

	4	8	5
-	1	6	2

	9	6	6
-	1	6	5

	3	9	1
-		5	8

	7	5	3
-	2	1	9

	6	5	0
-	1	2	8

	9	1	8
-	5	1	8

Lösungen: 323, 333, 400, 522, 534, 801

b) **Aus dieser Subtraktion sind vier Zahlen herausgefallen. Schreibe sie an die richtigen Stellen.**

	9	□	6
-	□	8	□
	6	□	2

1 2 3 4

▸ Ü 67–72

Textverständnis, Sachaufgaben
3) Wiederholung: schriftliche Subtraktion

1 Tonne = 1 000 Kilogramm
1 t = 1000 kg

Ein kleines Auto wiegt etwa eine Tonne!

1 Ordne die Gewichte den Bildern zu.

5 kg
15 kg
120 kg
1 t
10 t
65 t

______

______

1 t

______

______

______

2 Setze die Zeile fort.

Kilogramm, Tonne, ______

3 Ergänze immer auf eine Tonne.

700 kg + 300 kg = 1 t	980 kg + ______	250 kg + ______
900 kg + ______	50 kg + ______	660 kg + ______
500 kg + ______	750 kg + ______	999 kg + ______
100 kg + ______	240 kg + ______	680 kg + ______

4 Rechne und kontrolliere selbst die Ergebnisse.

1 t - 550 kg = ______	1 t - 330 kg = ______
1 t - 270 kg = ______	1 t - 606 kg = ______
1 t - 945 kg = ______	1 t - 715 kg = ______
1 t - 190 kg = ______	1 t - 410 kg = ______
1 t - 860 kg = ______	1 t - 220 kg = ______
1 t - 440 kg = ______	1 t - 931 kg = ______

Lösungen:

55 kg	69 kg
140 kg	285 kg
394 kg	450 kg
560 kg	590 kg
670 kg	730 kg
780 kg	810 kg

▶ Ü 67–72

Einführung: Tonne
Modellvorstellung: 1 Auto wiegt etwa 1 Tonne
3) 4) Rechnen mit Tonne und Kilogramm

12. Pünktlich wie die Eisenbahn

1 Stunde = 60 Minuten
1 h = 60 min

Eine ganze Stunde hat ______ Minuten.

Eine Viertelstunde hat ______ Minuten.

Eine halbe Stunde hat ______ Minuten.

Eine Dreiviertelstunde hat ______ Minuten.

1 **Schreibe die Uhrzeiten auf.**

06:05 oder 18:05

______ oder ______

______ oder ______

______ oder ______

______ oder ______

______ oder ______

______ oder ______

______ oder ______

______ oder ______

______ oder ______

Bleib in Form!

2 a) **Rechne und kontrolliere selbst die Ergebnisse.**

	8	5	5
-	2	5	4

	4	5	6
-	3	4	2

	7	4	2
-	2	1	8

	5	2	3
-	2	1	7

	3	7	6
-	1	5	3

	9	7	6
-	7	6	7

Lösungen:

114	209
223	306
524	601

b) **Aus dieser Subtraktion sind drei Zahlen herausgefallen. Schreibe sie an die richtigen Stellen.**

	☐	5	☐
-	4	3	6
	3	☐	4

0 1 7

Ü 67–72

Notation der Uhrzeit, Stunden und Minuten
2) Wiederholung: schriftliche Subtraktion

12. Pünktlich wie die Eisenbahn

1 **Zeichne die Zeiger in die Uhren. Finde selbst zwei Zeitangaben.**

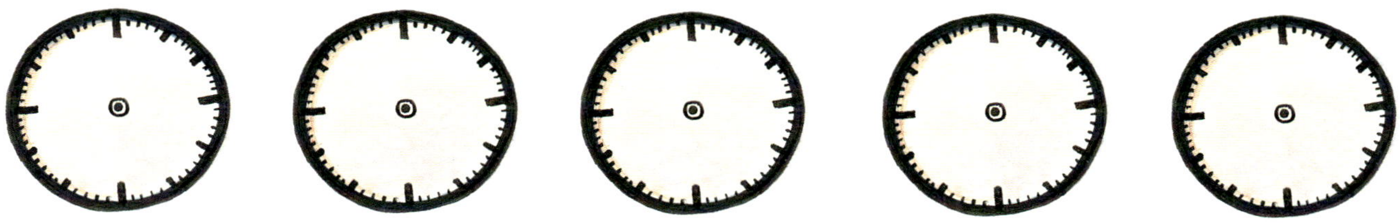

21:05   14:30   17:15   ______   ______

2 **Es stürmt. Alle Züge haben heute Verspätung.**

a) Ergänze die Uhrzeiten auf dem Anzeigefeld.

Gleis	Zug von	Planankunft	Verspätung	Voraussichtliche Ankunft
3	Westend	16:10	5 Minuten	16:15
1	Osthof	17:20	10 Minuten	
6	Südstadt	18:30	25 Minuten	
4	Westend	18:45	15 Minuten	
5	Nordhall	21:05	30 Minuten	

b) Schau auf das Anzeigefeld und beantworte die Fragen.

Wie viele Züge kommen heute noch aus Westend an?

Heute kommen noch ______

Auf welchem Gleis kommt der nächste Zug an?

______

Wann kommt der Zug aus Südstadt heute an?

______

Welcher Zug hat die größte Verspätung?

______

Wann kommt heute der letzte Zug an?

______

3 **Aufgabenwerkstatt**

Erfinde selbst eine Anzeigetafel und zeichne sie in dein Heft.
Denke dir Fragen dazu aus. Ein anderes Kind soll deine Fragen beantworten.

12. Pünktlich wie die Eisenbahn

1 **Ergänze immer auf eine Stunde.**

1 h		
40 min	+	______
20 min	+	______
______	+	10 min
60 min	+	______

1 h		
______	+	15 min
3 min	+	______
______	+	12 min
______	+	35 min

2 **Was dauert etwa eine Stunde lang? Was dauert etwa eine Minute lang? Sprich mit anderen Kindern darüber.**

3 **Finde Fragen, rechne und schreibe Antworten.**

a) Ein Zug besteht aus einer 70 t schweren Lokomotive und 5 Wagons mit je 20 t.

b) Von Westend nach Suwen sind es 80 Kilometer. Berthold wohnt genau in der Mitte der beiden Städte.

c) Ivanka sitzt schon seit 4 Stunden und 30 Minuten im Zug. Bis sie in Nost ankommt, dauert es noch eine halbe Stunde.

d) Ein Personenzug hat Platz für 342 Personen. 128 Plätze sind frei, die anderen sind alle besetzt.

e) In einem Zug sind 184 Frauen und 137 Männer. Außerdem fahren noch ein Lokomotivführer und zwei Zugbegleiter mit.

f) Von Hauptstadt nach Suwen sind es 180 km. Von Hauptstadt nach Nost sind es 160 km.

g) Ein Güterzug hat 8 Wagons. Jeder Wagon hat 68 Tonnen Steine geladen.

h) In einem Wagon sind 18 Reihen mit je 4 Sitzplätzen und 2 Reihen mit nur 2 Sitzplätzen.

i) Ein Personenzug hält in Nost. Es steigen 37 Personen aus und 18 Personen ein.

j) Die Zugreise von Nost nach Suwen dauert 3 Stunden und 50 Minuten. In jeder der 3 Zwischenstationen hält der Zug 10 Minuten.

Bleib in Form!

4 a) **Rechne und kontrolliere selbst die Ergebnisse.**

	3	3	9
-	1	2	8

	5	2	3
-	2	1	5

	6	5	7
-	3	4	9

	6	5	5
-	4	7	6

	3	5	4
-		7	7

	9	7	8
-	8	8	9

Lösungen:

89	179
211	277
308	308

b) **Aus dieser Subtraktion sind vier Zahlen herausgefallen. Schreibe sie an die richtigen Stellen.**

	8	□	7
-	□	6	□
		□	4

1 3 5 7

▶ Ü 67–72

Stunden und Minuten, Modellvorstellung, Sachaufgaben mit Größen 2) Verschiedene Lösungen sind möglich.
3) Verschiedene Fragen sind möglich
4) Wiederholung: schriftliche Subtraktion

Pferderennen in den Bergen

2–3

Ein Würfel-Laufspiel für zwei, drei oder vier mutige Reiterinnen und Reiter. Reitet mit euren Pferden durch die Berge. Hüttenwirte nehmen euch gastfreundlich auf. Teilt zum Dank euer Geld mit ihnen. Aber hütet euch vor den Räubern. Sie verlangen 30 Euro von euch. Wenn ihr nicht bezahlen könnt, dann müsst ihr ihnen euer Pferd geben und die Reise beenden. Wer von euch hält sich am längsten im Sattel?

Das braucht ihr:

- einen Würfel
- für jedes Kind einen Kegel
- Spielgeld oder einen Zettel zum Mitschreiben

Spielregeln:

- Alle Pferde starten im Bergdorf. Jede Reiterin, jeder Reiter bekommt 50 €.
- Wer an der Reihe ist, würfelt und zieht seinen Kegel in Pfeilrichtung weiter.
- Jedes Mal, wenn du durch das Bergdorf ziehst, bekommst du 50 €.
- Sonderfelder:
  - → weiß: Schneesturm! Du musst eine Runde aussetzen.
  - → blau: Berghütte! Gib dem Hüttenwirt die Hälfte deines Geldes. Bei ungeraden Zahlen musst du zum Teilen die nächste gerade Zahl nehmen. Beispiel: 25 €, die nächste gerade Zahl ist 26 €. Die Hälfte ist 13 €.
  - → rot: Räuber! Gib ihnen 30 €. Wenn du nicht mehr so viel Geld hast, ist die Reise für dich beendet.
- Spielende: Sobald nur mehr eine Reiterin oder ein Reiter unterwegs ist, endet das Spiel.

Ü 73–80 Spiel zum Üben des Halbierens. Dazu gibt es eine mathematische Abenteuergeschichte.

13. Alles wird geteilt

1 Rechne. Was fällt dir auf?

15 : 3 = ____ 24 : 6 = ____ 35 : 5 = ____ 54 : 6 = ____ 36 : 6 = ____

150 : 3 = ____ 240 : 6 = ____ 350 : 5 = ____ 540 : 6 = ____ 360 : 6 = ____

2 Wie haben die Kinder die Rechnung 735 : 3 gelöst?
Beschreibt und vergleicht ihre Vorgehensweisen.

735 : 3 =

600 : 3 = 200
120 : 3 = 40
15 : 3 = 5

→ 245

halbschriftlich Rechnen,
Teilrechnungen

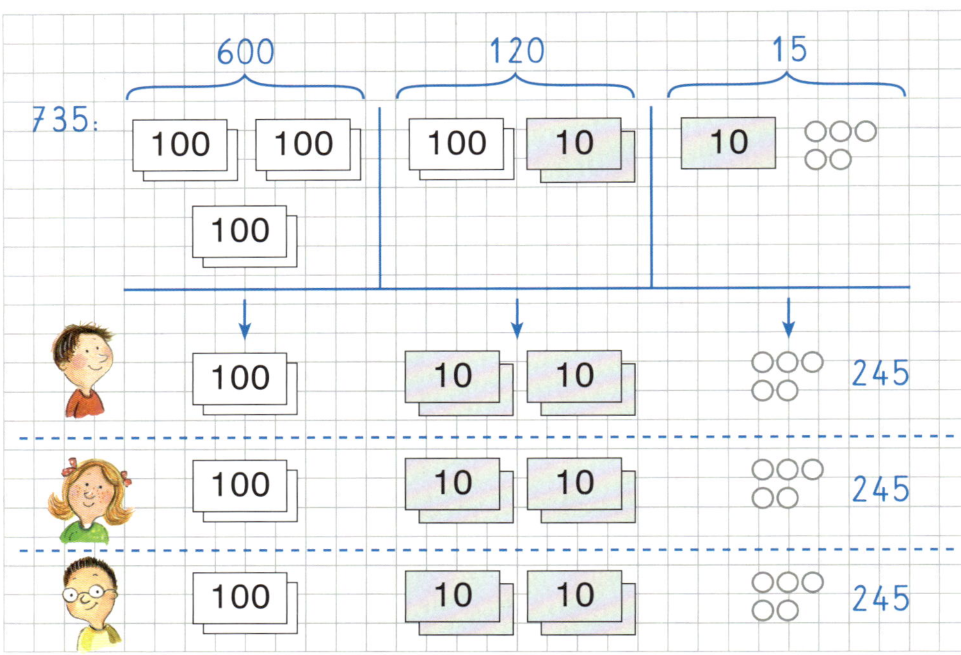

3 Rechne schrittweise.

a) 52 : 4 c) 52 : 2 e) 174 : 2 g) 165 : 5

b) 78 : 3 d) 98 : 7 f) 148 : 2 h) 126 : 3

Division heißt
Teilungsrechnung.

Dividieren heißt teilen.

Bleib in Form!

4 Wandle um, rechne und kontrolliere selbst die Ergebnisse.

3 dag = ____ g 25 dag = ____ g 1 dag – 2 g = ____ g

1 dag = ____ g 37 dag = ____ g 1 dag – 5 g = ____ g

Lösungen: 5 | 8 | 10 | 30 | 250 | 370

▶ Ü 73–80

Halbschriftliche Division
Hinweis: Eine exakte Form oder Vorgehensweise ist beim halbschriftlichen Dividieren nicht vorgeschrieben. Verschiedene Lösungswege sind möglich, vgl. Beispiel 2)
4) Wiederholung: Gramm und Dekagramm

13. Alles wird geteilt

1 **Legt die Aufgabe mit Legematerial. Teilt gerecht. Beginnt mit den Zehnern und schreibt eure Rechnungen im Heft mit.**

Langform der Division

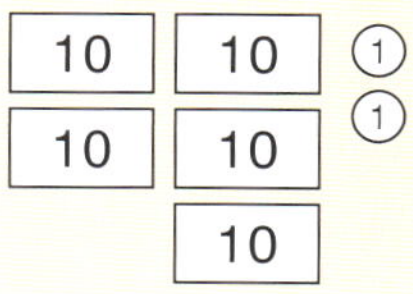

Z E
52 : 2 =

52 geteilt durch 2.

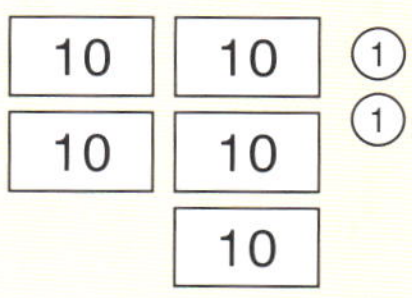

Z E   Z E
52 : 2 =

Bestimme den Stellenwert:
2 ist in 5 enthalten.
Das Ergebnis wird zwei Stellen haben.

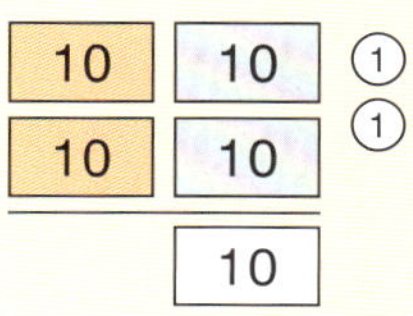

Z E   Z E
52 : 2 = 2
−4 ← 2 · 2
 1

Erst die Zehner:
2 ist in 5
2 mal enthalten.
2 · 2 = 4,
5 − 4 = 1,
bleibt 1 Zehner.

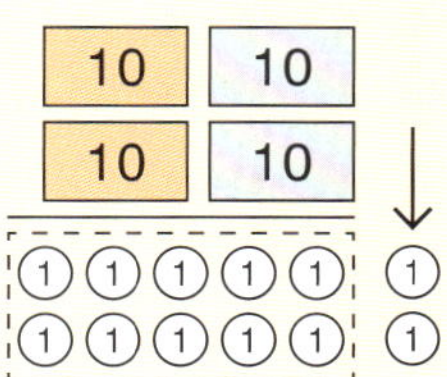

Z E   Z E
52 : 2 = 2
−4↓
 12

2 Einer nach unten holen.
Ergibt zusammen mit dem Zehner 12 Einer.

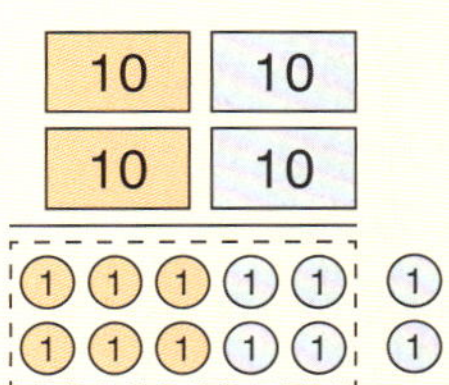

Z E   Z E
52 : 2 = 26
−4↓
 12
−12 ← 2 · 6
  0

Jetzt die Einer:
2 ist in 12
6 mal enthalten.
6 · 2 = 12,
12 − 12 = 0,
kein Rest.

2 **Teilt auch diese Beträge durch zwei und schreibt die Rechnungen wie in Aufgabe 1).**

a) 34
b) 98
c) 76
d) 56
e) 116
f) 354

Ü 73–80

Einführung der schriftlichen Division, Anschreibung in der Langform
Hinweis: Die Langform unterscheidet sich von der Kurzform darin, dass die Ergebnisse der Multiplikationen angeschrieben werden und die Subtraktion nicht im Kopf durchgeführt wird. Der Rest muss kleiner sein als der Divisor.

13. Alles wird geteilt

1 **Legt die Aufgabe mit Legematerial. Teilt gerecht.**
Beginnt mit den Zehnern und schreibt eure Rechnungen im Heft mit.

Kurzform der Division

10 10 10 10 10 1 1

Z E
5 2 : 2 =

52 geteilt durch 2.

10 10 10 10 10 1 1

Z E Z E
(5) 2 : 2 =

Bestimme den Stellenwert:
2 ist in 5 enthalten.
Das Ergebnis wird
zwei Stellen haben.

10 10 10 10 | 10 1 1

Z E Z E
(5) 2 : 2 = 2
1
2 · 2 = 4
und 1 ist 5

Erst die Zehner:
2 ist in 5
2 mal enthalten.
2 · 2 = 4,
bleibt 1 Zehner.

10 10 10 10 | 1 1 1 1 1 1 1 1 1 1 ↓ 1 1

Z E Z E
(5) 2 : 2 = 2
1 2

2 Einer nach unten holen.
Ergibt zusammen mit
dem Zehner 12 Einer.

10 10 10 10 | 1 1 1 1 1 1 1 1 1 1 1 1

Z E Z E
(5) 2 : 2 = 2 6
1 2
0 R
2 · 6 = 12
0 Rest

Jetzt die Einer:
2 ist in 12
6 mal enthalten.
6 · 2 = 12,
kein Rest.

Bleib in Form!

2 **Wandle um, rechne und kontrolliere selbst die Ergebnisse.**

20 g = ______ dag 100 g = ______ dag 1 kg – 2 dag = ______ dag
80 g = ______ dag 300 g = ______ dag 1 kg – 60 dag = ______ dag

Lösungen:

2	8
10	30
40	98

Ü 73–80

Einführung der schriftlichen Division, Anschreibung in der Kurzform
1) Der Rest muss kleiner sein als der Divisor.
2) Wiederholung: Umwandlung von Größen

1 **Bestimme den Stellenwert und rechne.**
Alle Aufgaben lassen sich ohne Rest teilen.

a) 75 : 5

Ich verwende die Langform.

```
 75 : 5 = 15
-5
 25
-25
  0 R
```

```
 75 : 5 = 15
 25
  0 R
```

Ich verwende die Kurzform.

b) 68 : 4 c) 95 : 5 d) 72 : 3 e) 92 : 4 f) 96 : 2 g) 84 : 7 h) 78 : 6 i) 75 : 3 j) 87 : 3 k) 96 : 6

2 **Bestimme den Stellenwert und rechne.**
Alle Aufgaben lassen sich ohne Rest teilen. Kontrolliere selbst deine Ergebnisse.

a) 512 : 4 b) 822 : 3 c) 854 : 7 d) 915 : 5 e) 734 : 2 f) 834 : 6 g) 628 : 4 h) 928 : 8 i) 768 : 3

Lösungen:

116	122	128
139	157	183
256	274	367

3 **Heute alles zum halben Preis!**
Berechne die neuen Preise und schreibe sie auf die Schilder.

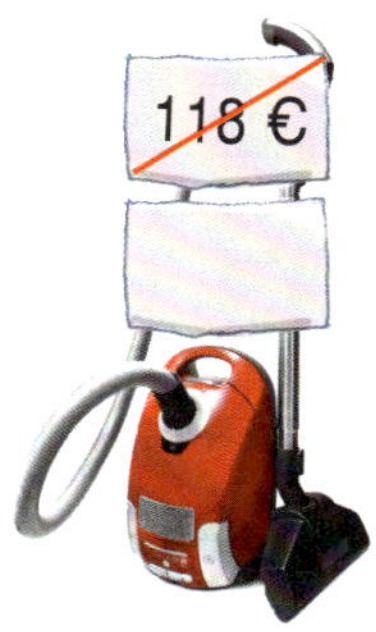

4 **Bestimme den Stellenwert und rechne.**

a) 493 : 3 Langform

```
 493 : 3 = 164R1
-3
 19
-18
  13
 -12
   1 Rest
```

Wenn am Ende ein Rest bleibt, schreibe ich ihn oben zum Ergebnis.

a) 493 : 3 Kurzform

```
 493 : 3 = 164R1
 19
  13
   1 Rest
```

b) 597 : 2 c) 972 : 8 d) 331 : 4 e) 625 : 8 f) 129 : 7 g) 547 : 2 h) 836 : 4 i) 925 : 5 j) 691 : 3 k) 376 : 2

Ü 73–80 Schriftliche Division

13. Alles wird geteilt

1 **0 im Ergebnis:**
Bestimme den Stellenwert und rechne.
Kontrolliere deine Lösungen selbst.

a) 416 : 2 d) 319 : 3 g) 567 : 8
b) 635 : 7 e) 546 : 5 h) 925 : 3
c) 613 : 2 f) 761 : 4 i) 439 : 4

Lösungen: 70 R7 | 90 R5 | 106 R1 | 109 R1 | 109 R3 | 190 R1 | 208 R0 | 306 R1 | 308 R1

2 **0 in der Rechnung:**
Bestimme den Stellenwert und rechne.
Kontrolliere deine Lösungen selbst.

a) 903 : 5 d) 207 : 3 g) 302 : 5
b) 600 : 8 e) 800 : 6 h) 1 000 : 7
c) 720 : 8 f) 490 : 9 i) 290 : 4

Lösungen: 54 R4 | 60 R2 | 69 R0 | 72 R2 | 75 R0 | 90 R0 | 133 R2 | 142 R6 | 180 R3

3 **Rechne aus, wie viele Packungen jeweils benötigt werden.**

a) 900 Eier werden in 6er-Kartons verpackt.
b) 508 Äpfel werden in 4er-Kartons verpackt.
c) 790 Paprika werden in 3er-Kartons verpackt.
d) 645 Zwiebeln werden in 5er-Netze verpackt.

4 **Wähle für jede Aufgabe eine grüne und eine gelbe Karte und bilde mit ihnen eine Division.**
Löse deine Rechnungen dann im Heft.

870 | 6 | 904
2 | 200 | 7

a) ______ : ___ c) ______ : ___
b) ______ : ___ d) ______ : ___

Bleib in Form!

5 **Wandle um, rechne und kontrolliere selbst die Ergebnisse.**

500 dag = ____ kg 1 kg – 1 dag = ____ 1 kg – 1 g = ____
200 dag = ____ kg 1 kg – 10 dag = ____ 1 kg – 10 g = ____
900 dag = ____ kg 1 kg – 80 dag = ____ 1 kg – 999 g = ____
1000 dag = ____ kg 1 kg – 25 dag = ____ 1 kg – 25 g = ____

Lösungen: 2 kg | 5 kg | 9 kg | 10 kg | 20 dag | 75 dag | 90 dag | 99 dag | 1 g | 975 g | 990 g | 999 g

13. Alles wird geteilt

1 **Rechne in deinem Heft und kontrolliere selbst die Ergebnisse.**

a) 547 : 2
b) 836 : 4
c) 925 : 5
d) 189 : 7

e) 691 : 3
f) 376 : 2
g) 875 : 6
h) 459 : 9

i) 465 : 3
j) 209 : 2
k) 492 : 4
l) 798 : 4

Lösungen:

27 R0	51 R0	104 R1
123 R0	145 R5	155 R0
185 R0	188 R0	199 R2
209 R0	230 R1	273 R1

2 **Kopfrechnen (K) oder schriftliche Division?**
Entscheide, wie du die Rechnungen lösen willst, bevor du die Aufgaben rechnest.
Schreibe ein K für Kopfrechnen oder ein S für schriftliches Rechnen in die Kästchen.

☐ 32 : 4 = ____
☐ 517 : 6 = ____
☐ 400 : 8 = ____
☐ 180 : 9 = ____
☐ 293 : 7 = ____
☐ 624 : 2 = ____

☐ 240 : 2 = ____
☐ 603 : 3 = ____
☐ 97 : 4 = ____
☐ 972 : 5 = ____
☐ 420 : 6 = ____
☐ 704 : 3 = ____

3 **Rechne.**

a) Dividiere 816 durch 7.
b) Wie groß ist der vierte Teil von 348?
c) Wie viel ist 205 geteilt durch 5?
d) Dividiere 400 durch 3.
e) Wie groß ist der achte Teil von 288?
f) Wie viel ist 741 geteilt durch 3?

4 **Löse die Aufgaben in deinem Heft.**

a) Eine Strecke ist 490 cm lang.
Sie wird in 7 gleich lange Teile geteilt.
Wie lang ist ein Teil?

b) Der Umfang eines Quadrats ist 164 cm.
Wie lang ist eine Seite des Quadrats?

c) Der Umfang eines Dreiecks ist 114 mm.
Wie lang ist eine Seite dieses Dreiecks,
wenn alle Seiten gleich lang sind?

d) Ein quadratischer Tisch hat einen Umfang von genau 2 Metern.
Wie lang ist eine Seite?

e) Der Umfang eines Quadrates beträgt 168 mm.
Wenn du das Quadrat in der Mitte faltest, entsteht ein Rechteck.
Wie groß ist der Umfang dieses Rechtecks?

Ü 73–80 Sachaufgaben, Textaufgaben

13. Alles wird geteilt

Division mit Probe

1 **Dividiere und rechne eine Multiplikation als Probe. Denke an den Rest, falls er nicht gleich 0 ist!**

a) 428 : 3

Rechnung: 428 : 3 = 142 R 2

Probe:

142 · 3

426

426 + 2 = 428

Skizze:

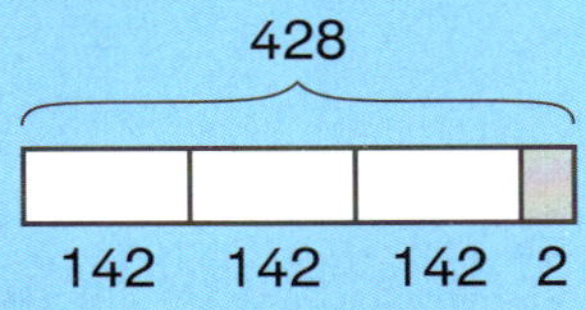

Erst multipliziere ich, dann rechne ich den Rest dazu.

b) 62 : 4	f) 67 : 4	j) 715 : 6	n) 935 : 7
c) 87 : 2	g) 75 : 3	k) 647 : 4	o) 495 : 4
d) 59 : 3	h) 92 : 5	l) 208 : 3	p) 469 : 3
e) 87 : 6	i) 83 : 7	m) 834 : 6	q) 572 : 8

2 **Zwei Freundinnen haben gemeinsam 978 € im Lotto gewonnen. Wie viel bekommt jede? Rechne eine Probe um sicherzugehen, dass du dich nicht verrechnet hast!**

3 **Vier Freunde haben einen Schatz gefunden: 52 Goldmünzen, 196 Perlen und 864 Silbermünzen. Wie viel bekommt jeder, wenn sie gerecht teilen? Rechne eine Probe um sicherzugehen, dass du dich nicht verrechnet hast!**

4 **Sieben Personen mieten gemeinsam einen Kleinbus. Das kostet 581 € für eine Woche. Sie teilen die Kosten gerecht. Wie hoch sind die Kosten pro Person? Rechne eine Probe um sicherzugehen, dass du dich nicht verrechnet hast!**

Bleib in Form!

5 a) **Wandle um, rechne und kontrolliere selbst die Ergebnisse.**

900 kg + ______ = 1 t	700 kg + ______ = 1 t
500 kg + ______ = 1 t	______ + 200 kg = 1 t
______ + 100 kg = 1 t	3 kg + ______ = 1 t
10 kg + ______ = 1 t	______ + 250 kg = 1 t

Lösungen: 100 kg | 300 kg | 500 kg | 750 kg | 800 kg | 900 kg | 990 kg | 997 kg

b) **Setze die Zeile fort.**

t, Tonne, t, ______

▶ Ü 73–80

Probe bei der schriftlichen Division
5) Wiederholung: Rechnen mit Größen

13. Alles wird geteilt

1 Manche Geschäfte bieten Ratenzahlung an.

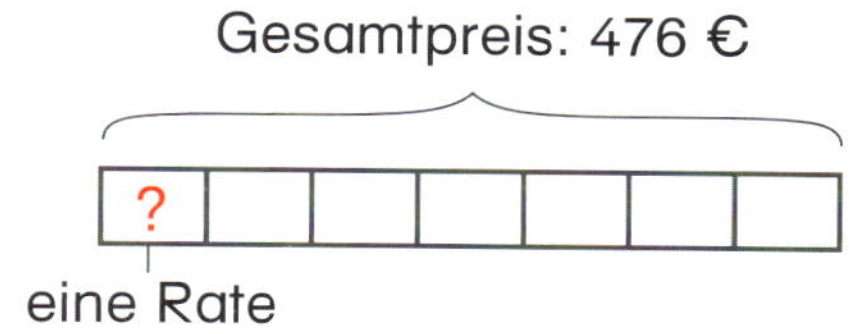

a) Ein Fernseher kostet 476 € bei Ratenzahlung.
Frau Petzl bezahlt ihn in 7 gleich großen Raten.
Wie hoch ist eine Rate?

b) Timna bezahlt ihr Fahrrad in fünf Raten zu je 63 €.
Wie viel bezahlt sie insgesamt?

c) Ein Fernseher kostet 672 € bei Ratenzahlung.
Frau Mirnik bezahlt ihn mit sechs Raten.
Wie hoch ist eine Rate?

d) Herr Preuer kauft eine Stereoanlage für 588 €.
Die Hälfte bezahlt er gleich, den Rest bezahlt er
in drei gleich großen Raten.
Wie hoch ist eine Rate?

Ratenzahlung bedeutet, dass man das Geld nicht auf einmal zahlt, sondern in mehreren gleich großen Teilen.

Vorsicht:
Oft ist Ratenzahlung teurer als eine sofortige Barzahlung.

e) In der Auslage eines Elektrogeschäfts
steht eine Waschmaschine.
Sie kostet 679 € bei Sofortbezahlung.
Auf einem Schild darunter steht: „Ratenzahlung möglich: 9 mal 79 €“.
Wie viel Euro muss man mehr bezahlen,
wenn man die Ratenzahlung wählt?

f) Ein Staubsauger wird für 219 € angeboten.
Es gibt auch die Möglichkeit, in 6 Raten für je 39 € zu bezahlen.
Kostet der Staubsauger mehr, wenn man ihn auf Raten kauft?
Begründe deine Antwort.

g) **Aufgabenwerkstatt**

Denke dir selbst drei Aufgaben mit Ratenzahlungen aus und löse sie.
Vergleiche deine Aufgaben mit den Aufgaben eines anderen Kindes.
Löse dann die Aufgaben.

2 Rechne.

Lucas arbeitet jedes Wochenende als Babysitter.
Dabei passt er am Samstag zwei Stunden
und am Sonntag drei Stunden auf ein Baby auf.

a) Wie viel verdient Lucas an einem Wochenende,
wenn er pro Stunde 9 € bekommt?

b) Lucas spart auf ein Fahrrad. Es kostet 449 €.
Wie viele Wochenenden muss Lucas arbeiten,
bis er das Geld beisammen hat?

▶ Ü 73–80

Anwendung schriftliche Division
1) Sprechen Sie mit den Kindern über Raten- versus Barzahlung.

13. Alles wird geteilt

1 **Im Computergeschäft.**
Löse die Aufgaben.
Die Balkenmodelle helfen dir dabei.

a) Lucia kauft einen Computer um 624 € und einen Drucker.
Der Computer kostet drei Mal so viel wie der Drucker.
Wie viel kostet der Drucker?

Skizze:

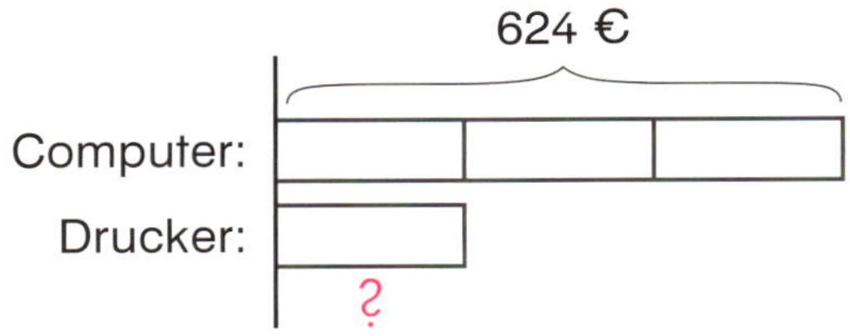

b) Anita kauft neue Lautsprecher um 68 € und einen großen Bildschirm.
Wie viel bezahlt sie, wenn der Bildschirm sechs Mal so viel kostet
wie die Lautsprecher?

Skizze:

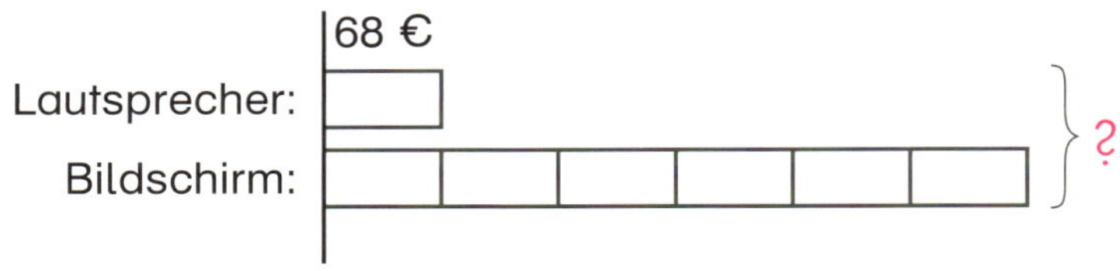

2 **Zeichne zu jeder Aufgabe ein Balkenmodell als Skizze**
und löse sie dann.

a) Hanna bezahlt 875 € für einen Laptop und einen Drucker.

Wie viel hat der Drucker gekostet,
wenn der Laptop vier Mal so teuer war?

b) Melvin bezahlt für fünf Druckerpatronen 185 €.
Wie viel kostet eine Patrone?

c) Der billigste Bildschirm im Geschäft kostet 119 €.
Der teuerste kostet sieben Mal so viel.
Um wie viel ist er teurer als der billigste?

Bleib in Form!

3 **Welche Zeiten zeigen diese Uhren?**

10:15 | ____ | ____ | ____ | ____

Lösungen: 10:15 ✓ | 14:45 | 18:30 | 20:10 | 22:05

▶ Ü 73–80

Sachaufgaben mit Schwerpunkt multiplikativer Zusammenhänge
Modellieren mit Balkenmodellen
3) Wiederholung: Zeitangaben

14. Daten und Wahrscheinlichkeit

1 2–4

Auf dem Pferdehof gibt es braune, schwarze und weiße Pferde.
Außerdem stehen grüne, rote und blaue Sättel zur Auswahl.
Wie viele verschiedene Möglichkeiten gibt es, Pferd und Sattel zu kombinieren?

2

Beim Abendessen darf jedes Kind eine Vorspeise und eine Hauptspeise von der Karte auswählen.

Wie viele verschiedene Möglichkeiten gibt es, ein Abendessen auszuwählen?

3

Gianni der Koch macht Obstspieße als Nachspeise.

Dafür steckt er auf einen Spieß immer zwei Stücke Obst.
Er hat Brombeeren, Bananenstücke und Himbeeren.
Wie viele verschiedene Spieße kann Gianni gestalten?

4

Mache eine Umfrage in deiner Klasse:
„Was ist dein liebstes Obst?"

a) Schreibe die Ergebnisse hier in die Tabelle

Apfel	Banane	Weintraube	Kirsche	Birne	Pfirsich	Zwetschke

b) Zeichne ein Säulendiagramm.

▶ Ü 81

Kombinatorik, Statistik, Arbeit mit Tabellen, Umfrage
1) Dazu gibt es eine mathematische Abenteuergeschichte.

14. Daten und Wahrscheinlichkeit

1 **Kann das sein?**
Lies die Aussagen und entscheide, wie wahrscheinlich es ist, dass sie stimmen.
Kreuze an und vergleiche mit anderen.

unmöglich,
unwahrscheinlich,
wahrscheinlich,
sicher

a) „Viele Autos können heutzutage nicht nur fahren, sondern auch fliegen."

❑ unmöglich ❑ unwahrscheinlich ❑ wahrscheinlich ❑ sicher

b) „Wenn man einen großen Stein gegen ein Fenster wirft, geht das Fenster kaputt."

❑ unmöglich ❑ unwahrscheinlich ❑ wahrscheinlich ❑ sicher

c) „Nach dem Sommer kommt der Herbst."

❑ unmöglich ❑ unwahrscheinlich ❑ wahrscheinlich ❑ sicher

d) „Ein neues Kind kommt in die Klasse und ich errate seinen Geburtstag."

❑ unmöglich ❑ unwahrscheinlich ❑ wahrscheinlich ❑ sicher

e) „Ein Erwachsener ist größer als ein Kind."

❑ unmöglich ❑ unwahrscheinlich ❑ wahrscheinlich ❑ sicher

f) Wenn ich die Zahl 1 zu einer geraden Zahl addiere, erhalte ich eine ungerade Zahl.

❑ unmöglich ❑ unwahrscheinlich ❑ wahrscheinlich ❑ sicher

g) Wenn ich eine Zahl mit 2 multipliziere, erhalte ich eine ungerade Zahl.

❑ unmöglich ❑ unwahrscheinlich ❑ wahrscheinlich ❑ sicher

2 **Finde selbst Aussagen.**

a) Eine Aussage, die unmöglich stimmen kann.
b) Eine Aussage, die eher unwahrscheinlich ist.
c) Eine Aussage, die wahrscheinlich stimmt.
d) Eine Aussage, die sicher stimmt.

Bleib in Form!

3 a) **Rechne.**

526 : 3 608 : 3
871 : 5 953 : 4
415 : 6 731 : 2

Lösungen:

69 R1	174 R1
175 R1	202 R2
238 R1	365 R1

b) **Durch welche Zahlen wurde hier dividiert?**

556 : ____ = 278 315 : ____ = 63
728 : ____ = 104 435 : ____ = 145
828 : ____ = 207 714 : ____ = 119

Lösungen:

2	3
4	5
6	7

15. Zeig, was du kannst!

Kopfrechnen

1 **Die obere Aufgabe hilft beim Lösen der unteren Aufgabe.**

a) Rechne und kontrolliere deine Ergebnisse.

432 + 200 = ____	671 + 100 = ____	567 − 300 = ____	784 − 400 = ____
432 + 260 = ____	671 + 120 = ____	567 − 320 = ____	784 − 450 = ____

Lösungen: 247 | 267 | 334 | 384 | 632 | 692 | 771 | 791

b) Finde selbst ähnliche Aufgaben und löse sie.

c) Überlege, wie hier jeweils die obere Aufgabe hilft und löse die Rechnungen.

100 · 3 = ____	500 · 2 = ____	25 : 5 = ____	48 : 6 = ____
99 · 3 = ____	498 · 2 = ____	26 : 5 = ____	50 : 6 = ____

11 Hole dir deinen Stern!

2

a) Rechne.

62 + 15 = ____ ☐	88 − 31 = ____ ☐	420 + 250 = ____ ☐
47 − 4 = ____ ☐	63 − 7 = ____ ☐	160 + 227 = ____ ☐
38 + 27 = ____ ☐	70 − 16 = ____ ☐	950 − 310 = ____ ☐

b) Rechne.

4 · 8 = ____ ☐	35 : 5 = ____ ☐	20 : 6 = ____ ☐
3 · 3 = ____ ☐	63 : 9 = ____ ☐	45 : 7 = ____ ☐
9 · 6 = ____ ☐	12 : 3 = ____ ☐	28 : 3 = ____ ☐

c) Rechne mit Vorteil.

140 + 99 = ____ ☐	380 − 19 = ____ ☐	99 · 5 = ____ ☐
360 + 299 = ____ ☐	530 − 99 = ____ ☐	199 · 3 = ____ ☐
274 + 99 = ____ ☐	723 − 199 = ____ ☐	98 · 2 = ____ ☐

→ Die Lösungen der Aufgaben und die Auswertung findest du im Lösungsheft.

15. Zeig, was du kannst!

Schriftliche Addition und Subtraktion

1 a) Rechne mit Probe.

718 - 365 Probe:

	7	1	8
-	3	6	5
	1		
	3	5	3

	3	5	3
	3	6	5
	1		
	7	1	8 ✓

486 - 132 Probe:

931 - 518 Probe:

b) Rechne und kontrolliere selbst die Ergebnisse.

365 + 174 | 196 + 465 | 309 + 176

431 + 55 + 285 | 206 + 374 + 84 | 57 + 365 + 376

Lösungen: 485 539 661 664 771 798

c) Rechne und kontrolliere selbst die Ergebnisse.

624 - 548 | 700 - 143 | 746 - 183

896 - 197 | 512 - 334 | 302 - 177

Lösungen: 76 125 178 557 563 699

2 12 Hole dir deinen Stern!

a) Rechne.

326 + 171 | 258 + 306 | 416 + 52 + 230 | 265 + 341 + 178

b) Rechne.

748 - 213 | 695 - 315 | 400 - 256 | 904 - 527

➜ Die Lösungen der Aufgaben und die Auswertung findest du im Lösungsheft.

Schriftliche Multiplikation und Division

1 a) Rechne mit Probe.

587 : 2   5 8 7 : 2 =

Probe: · 2

+ =

937 : 6

Probe:

b) Rechne und kontrolliere selbst deine Ergebnisse.

98 · 4	214 · 3	92 : 4	435 : 3
63 · 7	187 · 4	75 : 3	325 : 5

Lösungen:

23	25	65
145	392	441
642	748	

13 Hole dir deinen Stern!

2 a) Rechne.

123 · 3   1 2 3 · 3

219 · 4

84 · 7

164 · 6

b) Rechne.

316 : 2

473 : 3

597 : 7

→ Die Lösungen der Aufgaben und die Auswertung findest du im Lösungsheft.

15. Zeig, was du kannst!

Größen

1 **Ergänze immer auf eine Tonne, einen Kilometer oder eine Stunde.**

1 t		
400 kg	+	____
____	+	150 kg
920 kg	+	____
17 kg	+	____

1 km		
100 m	+	____
____	+	25 m
2 m	+	____
570 m	+	____

1 h		
50 min	+	____
____	+	30 min
15 min	+	____
____	+	5 min

Lösungen:

80 kg	600 kg
850 kg	983 kg
430 m	900 m
975 m	998 m
10 min	30 min
45 min	55 min

14 Hole dir deinen Stern!

2

a) Ergänze immer auf einen Kilometer.

50 m + ________ = 1 km ☐ ________ + 150 m = 1 km ☐

800 m + ________ = 1 km ☐ ________ + 3 m = 1 km ☐

b) Beantworte die Fragen.

Wie viele Kilogramm hat eine Tonne? ________ ☐

Wie viel wiegt ein kleines Auto ungefähr:
100 kg, 1 t oder 10 t ? ________ ☐

Wie viel wiegt ein erwachsener Mann ungefähr:
18 kg, 80 kg oder 800 kg ? ________ ☐

c) Ergänze immer auf eine Stunde.

30 min + ________ = 1 h ☐ ________ + 1 min = 1 h ☐

60 min + ________ = 1 h ☐ ________ + 45 min = 1 h ☐

d) Es ist Nachmittag. Welche Zeiten zeigen diese Uhren?

________ ☐

________ ☐

________ ☐

________ ☐

➜ Die Lösungen der Aufgaben und die Auswertung findest du im Lösungsheft.

15. Zeig, was du kannst!

Sachaufgaben

1 **Lies die Sachaufgaben und rechne im Heft.**
Kontrolliere deine Ergebnisse mit Hilfe der Lösungszahlen.
Vergiss nicht, ganze Sätze als Antwort zu schreiben.

Lösungen:

12	161	222	474

Achtung:
Nicht alle Aufgaben können gelöst werden.

a) Ein Wagon ist 23 Meter lang.
Wie lang sind sieben Wagons?

b) In einem Zug sitzen 214 Personen.
Bei der Haltestelle steigen 37 Menschen aus und 45 ein.
Wie viele Personen sind jetzt im Zug?

c) Der Expresszug E559 hat schon über 20 Minuten Verspätung.
Wann kommt er an, wenn er heute geändert auf Bahnsteig 7 einfahren wird?

d) Herr Berger fährt mit dem Zug von Wien nach Innsbruck.
Die Fahrkarte kostet 58 €.
Herr Berger bezahlt mit einem 50-Euro-Schein und einem 20-Euro-Schein.
Wie viel Wechselgeld bekommt er?

e) Der Nachtexpress hat drei Schlafwägen und neun Liegewägen.
In einem Schlafwagen sind acht Kabinen für jeweils vier Personen.
In einem Liegewagen sind sieben Kabinen für jeweils sechs Personen.
Für wie viele Personen ist Platz im Zug?
Tipp: Eine Skizze könnte dir helfen!

15 **Hole dir deinen Stern!**

2

a) Der Expresszug E405 führt acht Wagons 2. Klasse
und drei Wagons 1. Klasse.
Wie viele Wagons sind das? ☐

b) Der Regionalzug R487 besteht aus einer Lokomotive
und fünf Wagons. Die Lokomotive wiegt 62 Tonnen,
jeder der Wagons wiegt 21 Tonnen.
Wie viel wiegt der Regionalzug insgesamt? ☐

c) Ein Kurzzug hat zwei Wagons. Im ersten sitzen 34 Personen,
im zweiten sitzen um acht Personen mehr.
Wie viele Personen sitzen insgesamt im Zug? ☐

d) Ein voll besetzter Sonderzug brachte am Samstag 765 Personen zu einem Konzert.
Der Sonderzug am Sonntag hat 182 Plätze weniger.
Wie viele Menschen können mit diesem Zug fahren?

Kreuze die richtige Antwort an. Hier muss man: ☐ Plusrechnen
☐ Minusrechnen ☐

→ Die Lösungen der Aufgaben und die Auswertung findest du im Lösungsheft.

Knobelaufgabe

Überlege, wie du die Knobelaufgabe lösen kannst.
Sprich mit anderen Kindern darüber.

3 mal 3 Gedichte

1 TIM MAG EIS ist ein „3 mal 3 Gedicht", weil es aus 3 Wörtern mit je 3 Buchstaben besteht. Setze für jeden Buchstaben eine Ziffer von 0 bis 9 so ein, dass richtige Additionen entstehen.

eine Lösung:

T	I	M	A	G	E	S
2	3	7	0	1	9	8

eine andere Lösung:

T	I	M	A	G	E	S

Gedicht:

	T	I	M
+	M	A	G
	E	I	S

	2	3	7
+	7	0	1
	9	3	8

+			

2 Setze für jeden Buchstaben eine Ziffer von 0 bis 9 so ein, dass richtige Additionen entstehen.

G	I	B
U	N	S
L	O	B

G	I	B	U	N	S	L	O

T	E	E
T	U	T
G	U	T

T	E	U	G

W	E	R
W	A	R
D	A	S

W	E	R	A	D	S

O	N	E
O	N	E
T	W	O

O	N	E	T	W

3 Vergleiche deine Lösung mit den Lösungen anderer Kinder. Was fällt euch auf?

4 Erfindet gemeinsam „3 mal 3 Gedichte" und wandelt sie in schriftliche Additionen um. Ihr könnt aus diesen Wörtern auswählen oder eigene finden. Beispiele: RAD IST WEG, IHR ZUG KAM, …

Aal, Alm, als, alt, arm, Bär, bei, bin, Bub, Bus, das, dem, die, Eck, ein, elf, Fan, Fee, fit, gab, Gas, geh, gib, Gnu, gut, hab, Hai, hat, Heu, hin, Hof, Huf, Hut, ihm, ihr, irr, ist, kam, Klo, Kuh, Kur, Lob, log, Lok, LKW, mag, Mai, Mal, man, mir, muh, nah, neu, nie, Not, nun, oft, Ohr, oje, Oma, Ort, Rad, rau, Reh, Rom, Rum, sah, Sau, See, sie, Ski, Tag, Tal, Tor, uff, Uhu, uns, vom, vor, Wal, weg, Wut, Zoo, Zug

Arbeitsform: ICH – DU – WIR
Die Kinder befassen sich erst einzeln mit der Aufgabe, bevor sie in Partnerarbeit oder Kleingruppen ihre Ideen fertig entwickeln. Am Ende werden Ergebnisse, Beobachtungen und Lösungswege in der Klasse ausgetauscht („Strategiekonferenz").

16. Blumen

1 Das Blumengeschäft hat viele Kundinnen und Kunden. Überlege dir, was sie kaufen und rechne aus, wie viel sie bezahlen müssen.

2–5

Schreibe jeweils eine Rechengeschichte, die **F**rage, die **R**echnung und die **A**ntwort.

a) Rechengeschichte

Frau Kunz kauft fünf Rosen.

F Wie viel bezahlt sie?

R 5 · 6 = 30

A Frau Kunz bezahlt 30 €.

b) Rechengeschichte

F

R

A

c) Rechengeschichte

F

R

A

2 Aufgabenwerkstatt

Finde selbst noch andere Namen für 5 weitere Kundinnen und Kunden. Überlege dir, was sie im Blumengeschäft kaufen. Schreibe für jede Rechengeschichte die Frage, die Rechnung und die Antwort in dein Heft.

Ü 89–92 Sachaufgaben selbst gestalten: Geschichte – Frage – Rechnung – Antwort
1) Dazu gibt es eine mathematische Abenteuergeschichte.

16. Blumen

1 Schau die Bilder und die dazugehörigen Rechnungen an.
Finde jeweils eine passende Geschichte, eine Frage und eine Antwort.

a) 

Rechengeschichte Auf einem Tisch stehen vier Vasen.
In jeder Vase sind sechs Blumen.

F Wie viele Blumen sind das?

R 4 · 6 = 24

A ______

b) 

Rechengeschichte ______

F ______

R 15 + 16 =

A ______

c) 

Rechengeschichte ______

F ______

R 3 · 9 =

A ______

Bleib in Form!

2 Rechne und kontrolliere selbst die Ergebnisse.

613 297	303 598	769 223	184 369	806 75
471 289	385 147	568 36	98 702	693 248

Lösungen:

532	553
604	760
800	881
901	910
941	992

▶ Ü 89–92

Sachaufgaben selbst gestalten: Geschichte – Frage – Rechnung – Antwort
Tipps zum Modellieren von Sachaufgaben
2) Wiederholung: schriftliche Addition

16. Blumen

1 Rechengeschichten gesucht!
Die vorgegebenen Wörter müssen in deinen Geschichten vorkommen.
Schreibe jeweils eine Frage, eine Rechnung und eine Antwort in dein Heft.

a) Strauß Blumen | und

b) rote Rosen | je 3 €

c) Blumentöpfe | insgesamt

d) Nelken | halb so viele

e) Wechselgeld | 12 €

1a) Bernhard kauft einen Strauß
Blumen und eine Gießkanne.
Die Blumen kosten 24 €.
Die Gießkanne kostet 15 €.

F: Wie viel bezahlt Bernhard?

R: 24 + 15 = 39

A: Bernhard bezahlt 39 €.

2 Finde Geschichten zu diesen Rechnungen.
Du kannst auch €, kg, m und l verwenden.
Schreibe passende Fragen, Rechnungen und Antworten in dein Heft.

a) R: 50 – 24

b) R: 100 – 32

c) R: 25 · 4

d) R: 263 · 2

e) R: 432 : 3

f) R: 154 + 87

2a) Ein Blumenstrauß kostet 24 €.
Verena bezahlt mit einem
50-€-Schein.

F: Wie viel Wechselgeld bekommt
Verena?

R: 50 - 24 = 26

A: Sie bekommt 26 € Wechselgeld.

3 Finde Geschichten zu diesen Antworten.
Schreibe passende Fragen und Rechnungen in dein Heft.

a) A: Emre kann von seinem Geld sieben Rosen kaufen.

b) A: Julia bekommt 14 € Wechselgeld.

c) A: Im Blumengeschäft sind 6 Personen.

d) A: Lena hat zu wenig Geld mit.

Ü 89–92 Sachaufgaben selbst gestalten: Geschichte – Frage – Rechnung – Antwort

16. Blumen

1 **Finde Sachaufgaben zu diesen Modellen.**
Schreibe die passende Frage, die Rechnung und die Antwort in dein Heft.

a)

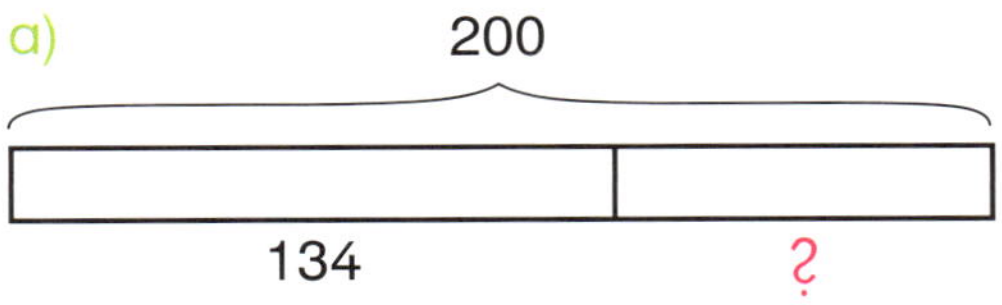

b)

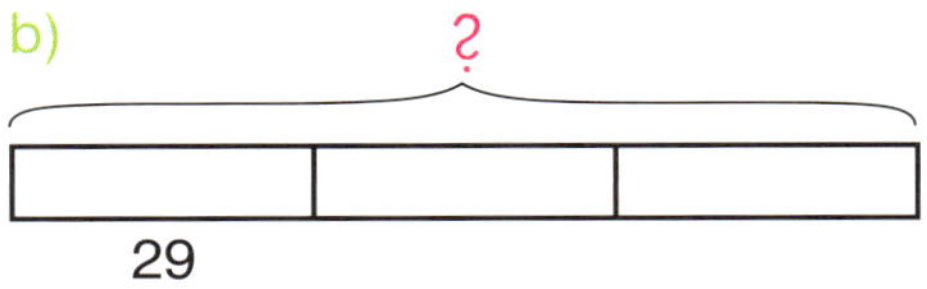

c)

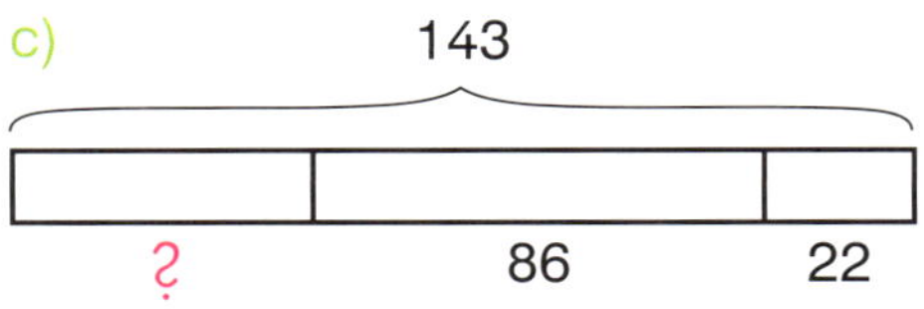

d)

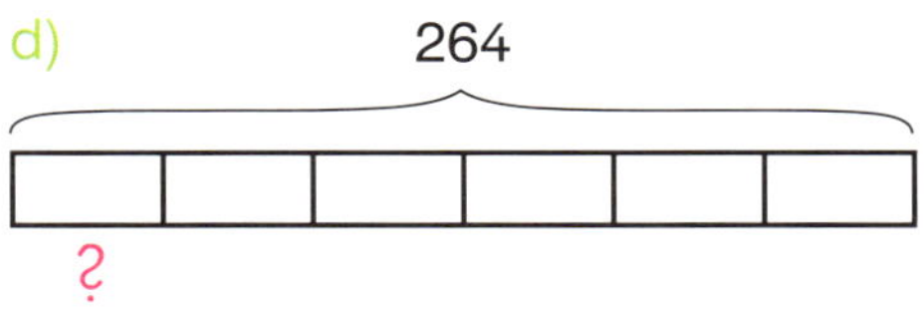

1a) In einem Kinosaal gibt es 200 Stühle.

F: Wie viele Plätze sind noch frei, wenn 134 Plätze besetzt sind?

R:
$$\begin{array}{r} 200 \\ -134 \\ \hline 66 \end{array}$$

A: Es sind noch 66 Plätze frei.

2 **Die Blumen sind in einem Muster angeordnet. Male in jeder Reihe die letzten Blumen richtig an.**

Bleib in Form!

3 **Bilde Additionen, die folgende Eigenschaften haben:**

a) Die Summe ist kleiner als 900.

b) Die Summe ist ungerade.

c) Die erste Zahl ist mehr als doppelt so groß wie die zweite Zahl.

▶ Ü 89–92

3) Wiederholung: schriftliche Addition

17. Bauen mit Formen

1 In welchen Rasterfeldern liegen diese Bauwerke?

2–6

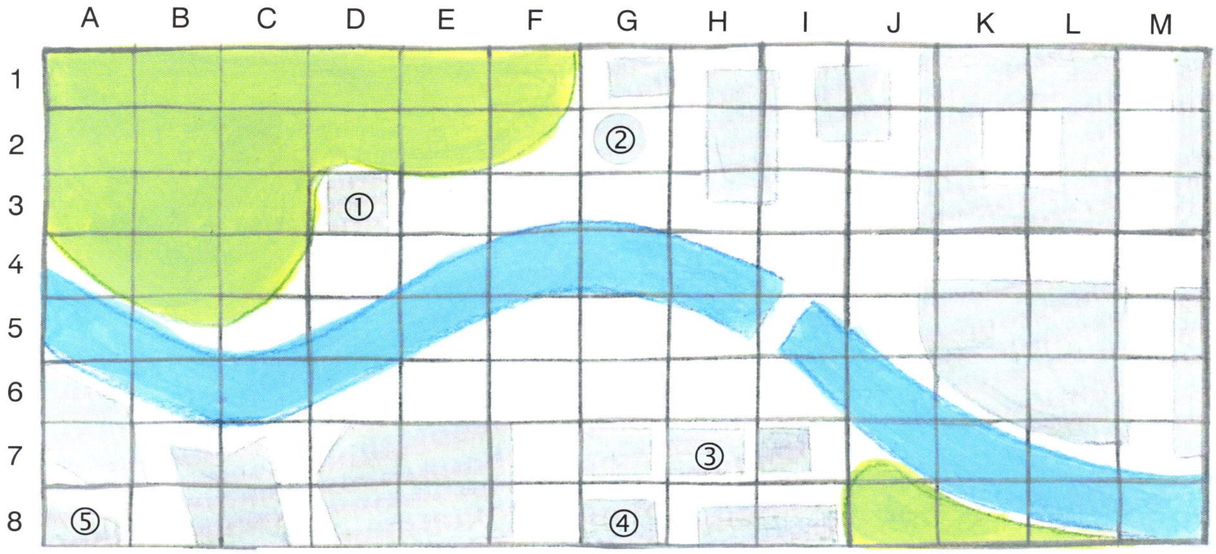

① Schloss D3

② Stadtturm ______

③ Museum ______

④ Bahnhof ______

⑤ Wetterstation ______

2 Schreibe die Namen der Körper zu den Bildern.

a) 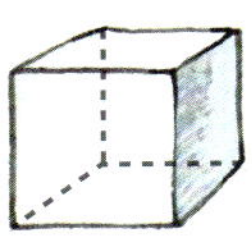
Würfel

c) 
______

e) 
______

b) 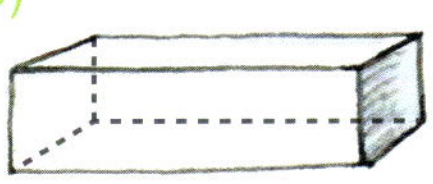
______

d) 
______

f) 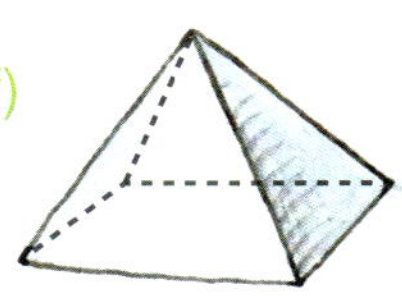
______

Würfel,
Quader,
Zylinder,
Kugel,
Kegel,
Pyramide

3 Beschreibe die Bauwerke aus Übung 1.

3) 1. Das Schloss besteht aus einem Würfel. Es hat vier Türme, die Zylinder sind. Die Dächer der Türme sind Kegel.

Ü 93–98

Pläne lesen, Körperformen und geometrische Körper in unserer Umwelt
1) Dazu gibt es eine mathematische Abenteuergeschichte.
3) Weiterführung: die Kinder bauen eigene Gebäude aus Verpackungen und beschreiben sie.

17. Bauen mit Formen

1 **Verbinde die Körper mi den richtigen Namen.**

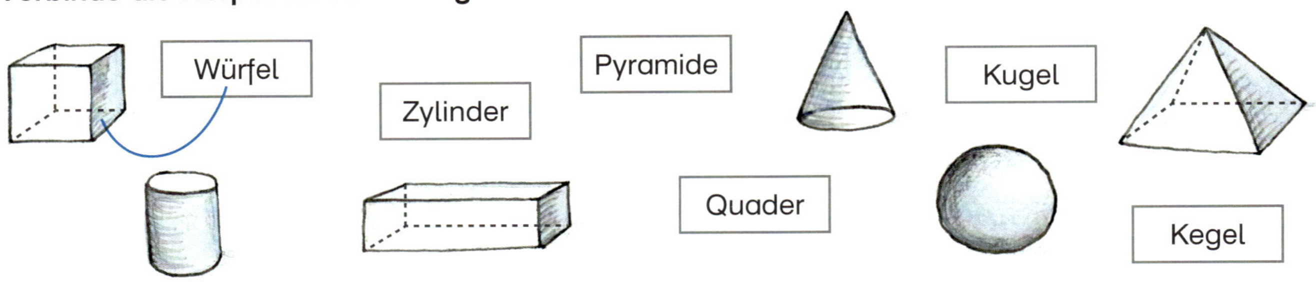

2 **Beschreibe diese Gegenstände mit passenden Körpernamen.**

a) 

b) 

c) 

d) 

3 **Wie viele Ecken, Kanten, Spitzen und Flächen haben diesen Körper? Schreibe eine Tabelle.**

	Würfel	Quader	Zylinder	Kegel	Kugel	Pyramide
Ecken	8					
Kanten						
Flächen						
Spitzen						

4 **Zu welchem Körper passen diese Beschreibungen?**

a) Dieser Körper hat vier dreieckige Flächen. ______________________

b) Dieser Körper hat eine Spitze. ______________________

c) Diese beiden Körper können geradeaus rollen. ______________________

d) Dieser Körper hat acht Ecken. Er ist aber kein Würfel. ______________________

e) **Aufgabenwerkstatt** Denke dir selbst eine Beschreibung aus!

Bleib in Form!

5 a) **Rechne und kontrolliere selbst die Ergebnisse.**

333 · 3

144 · 4

232 · 2

Lösungen: 464 576 999

b) **Mit welchen Zahlen wurde hier multipliziert?**

92 · ____ = 276

174 · ____ = 348

→ Ü 93–98

Geometrische Körper: Eigenschaften und Beschreibungen
5) Wiederholung: schriftliche Multiplikation

17. Bauen mit Formen

1 Baue die Bauwerke nach.
Wie viele Würfel brauchst du dafür?

a)

4 Würfel

b)

____

c)

____

d)

____

e)

____

f)

____

g)

____

h)

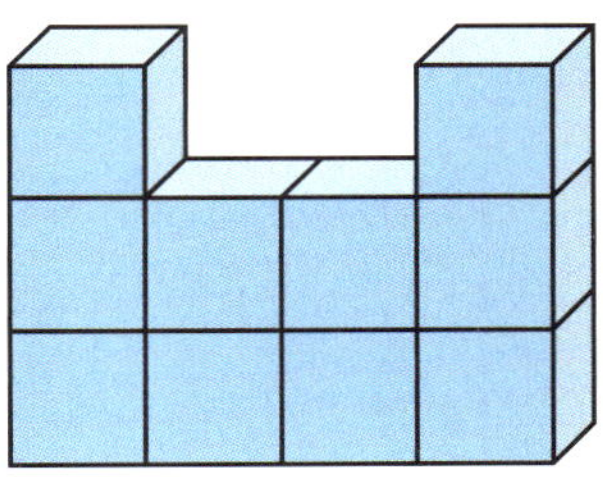

____

i)

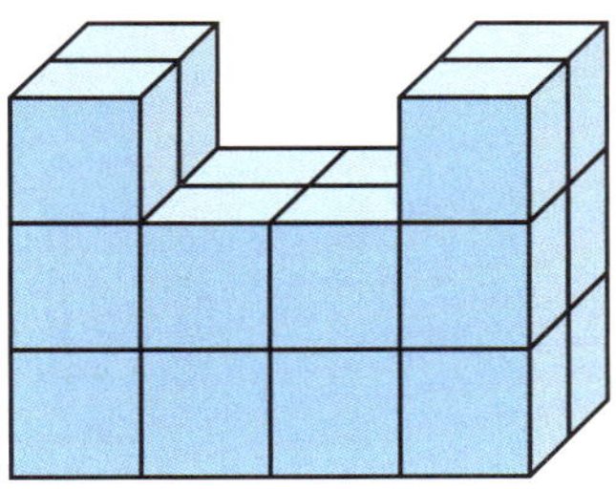

____

j)

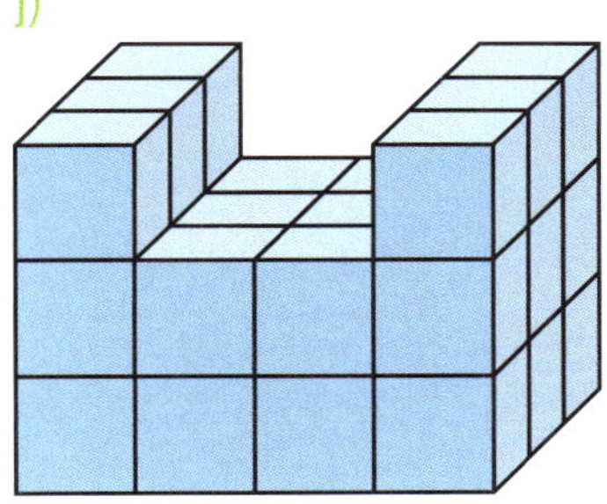

____

k)

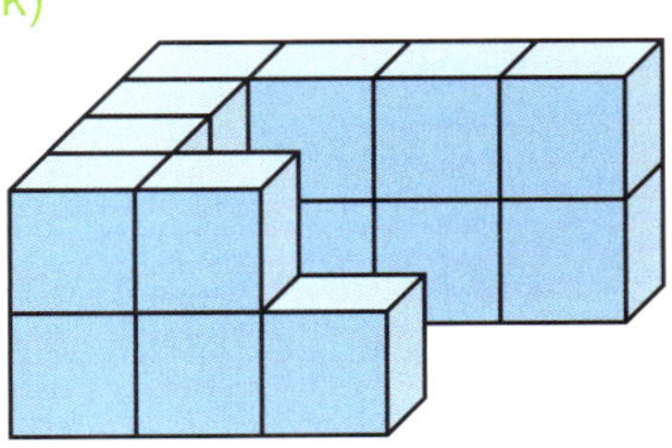

____

l)

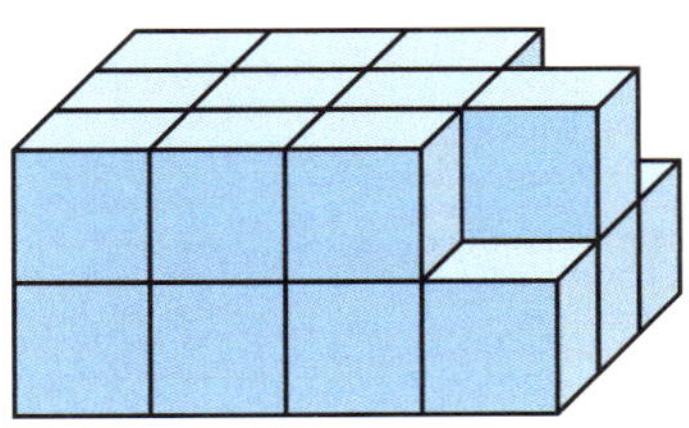

____

m)

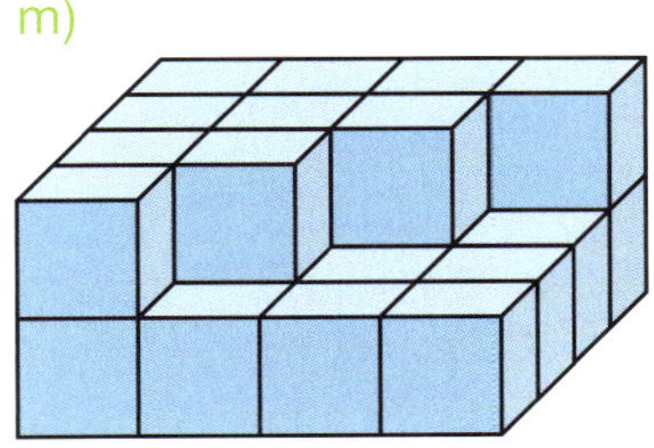

____

17. Bauen mit Formen

Baupläne

Die Ziffern in den Feldern geben an, wie viele Würfel dort stehen.

Bauwerk ➡

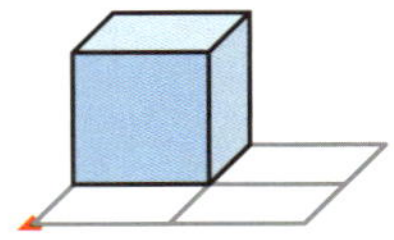

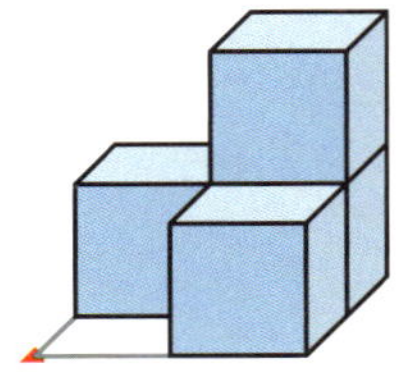

Bauplan ➡

1	0
0	0

1	2
0	1

1 **Baue die Bauwerke nach und schreibe die Ziffern in die Baupläne.**

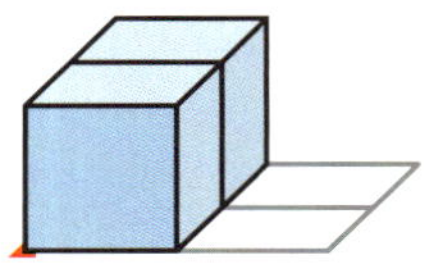

1	0
1	0

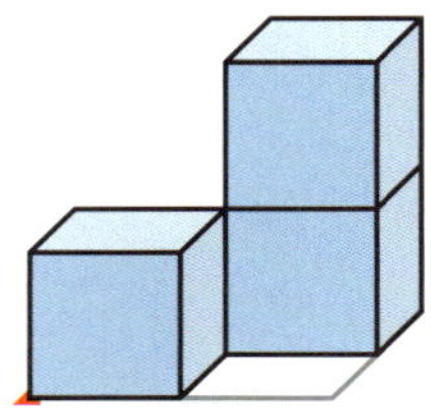

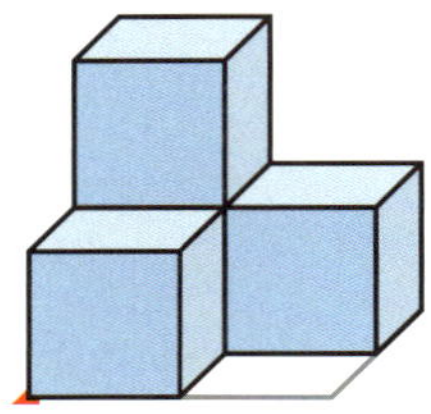

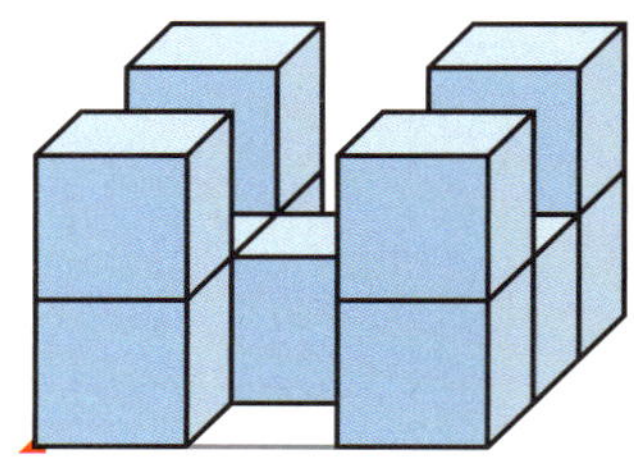

Bleib in Form!

2 a) **Rechne und kontrolliere selbst die Ergebnisse.**

248 · 3

159 · 6

128 · 7

Lösungen: 744 | 896 | 954

b) **Mit welchen Zahlen wurde hier multipliziert?**

81 · ____ = 405

153 · ____ = 459

17. Bauen mit Formen

1 **Baue die Bauwerke mit diesen Plänen nach.**

a)

1	1	1
0	1	0
1	1	1

b)

1	1	1
1	3	1
1	1	1

c)

1	2	3
0	1	2
0	0	1

d)

1	2	1
1	3	1
1	2	1

2 **Wähle die richtigen Eigenschaften.**
Kreuze an.

a) Das Rechteck …

❏ ist eine Figur.
❏ ist ein Körper.

❏ hat Seiten.
❏ hat Kanten.

b) Der Würfel …

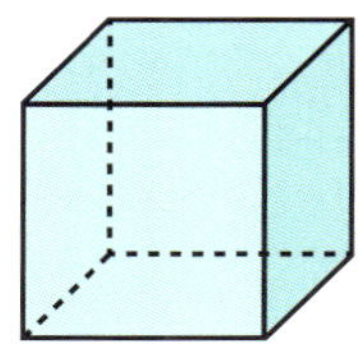

❏ ist eine Figur.
❏ ist ein Körper.

❏ hat Seiten.
❏ hat Kanten.

c) Der Quader …

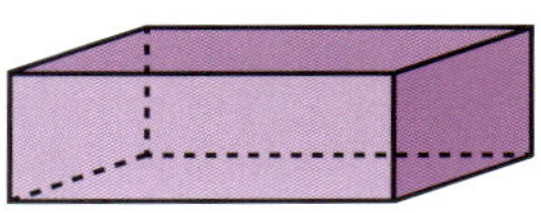

❏ ist eine Figur.
❏ ist ein Körper.

❏ hat Seiten.
❏ hat Kanten.

d) Das Quadrat …

❏ ist eine Figur.
❏ ist ein Körper.

❏ hat Seiten.
❏ hat Kanten.

e) Das Dreieck …

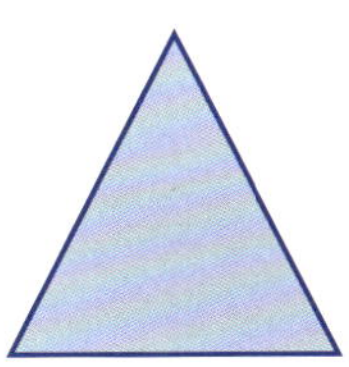

❏ ist eine Figur.
❏ ist ein Körper.

❏ hat Seiten.
❏ hat Kanten.

f) Die Pyramide …

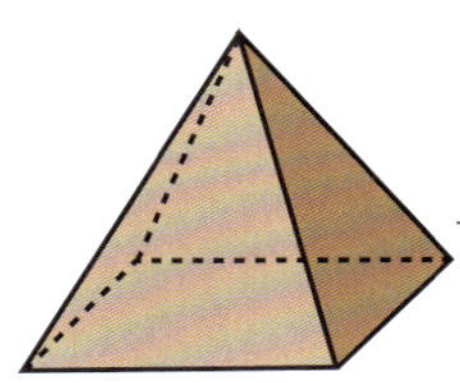

❏ ist eine Figur.
❏ ist ein Körper.

❏ hat Seiten.
❏ hat Kanten.

g) Der Kreis …

❏ ist eine Figur.
❏ ist ein Körper.

❏ hat Seiten.
❏ hat Kanten.

h) Die Kugel …

❏ ist eine Figur.
❏ ist ein Körper.

❏ hat Seiten.
❏ hat Kanten.

Ü 93–98
Räumliche Vorstellung, Experimentieren mit Würfeln, Baupläne
2) Unterschied von Flächen und Körpern, sowie deren Eigenschaften benennen

1 Lege einen Spielwürfel auf das Startfeld.
Die aufgezeichnete Zahl soll beim Würfel oben sein.
Kippe ihn den vorgezeichneten Feldern entlang bis zum Ziel.
Ist die gezeichnete Zahl im Zielfeld gleich deiner Zahl am Würfel?

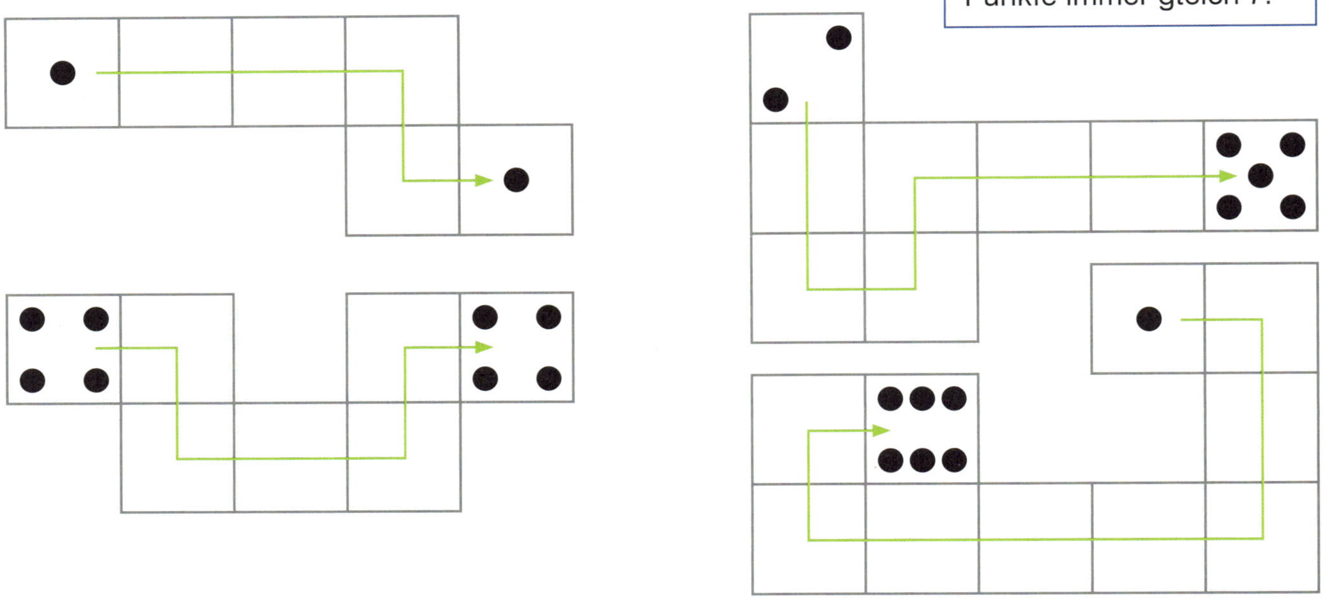

Bei einem Würfel ist die Summe der gegenüberliegenden Punkte immer gleich 7.

2 Gestalte selbst Kippbilder.
Verwende dazu Würfel und Quader. Was fällt dir auf?

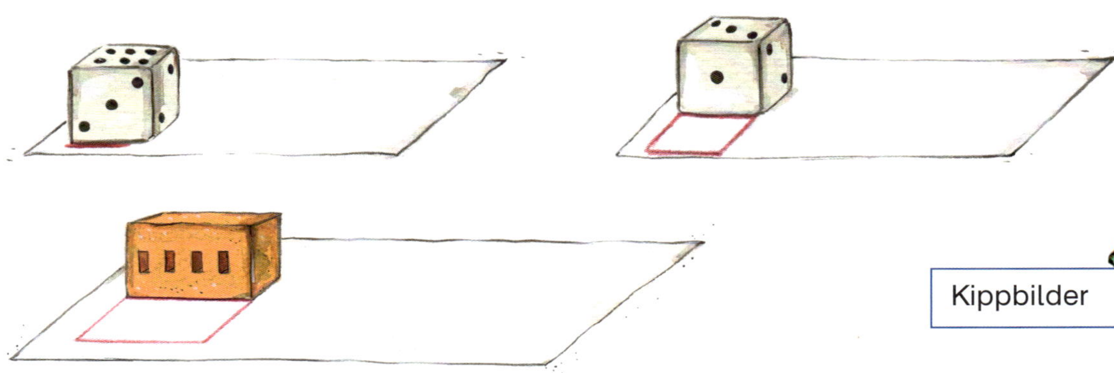

Kippbilder

Bleib in Form!

3 a) Rechne und kontrolliere selbst die Ergebnisse.

489 · 2
234 · 3
211 · 4
199 · 5
99 · 6
141 · 7

Lösungen: 594 | 702 | 844 | 978 | 987 | 995

b) Mit welchen Zahlen wurde hier multipliziert?

189 · ____ = 945
103 · ____ = 927
308 · ____ = 616
45 · ____ = 315

Ü 93–98

Würfel, Würfelnetze, Lage der Flächen
2) Lassen Sie die Kinder mit einem Würfel experimentieren. Der Würfel soll als besonderes Quader erkannt werden.
3) Wiederholung: schriftliche Multiplikation

18. Roboter

1 2–7

Gestalte dein Schlüsselbild.
Lies die Schlüsselfragen. Bei deinen Antworten steht, wie du dein Bild bemalen sollst.

Schlüsselfragen:

1. Wie viele Computer oder Tablets gibt es bei dir zu Hause?

	0	1	2	mehr
→ Farbe des Kopfes:	grau	blau	rot	gelb

2. Wie oft beschäftigst du dich mit dem Computer oder Tablet?

	täglich	wöchentlich	seltener
→ Zeichne Antennen auf den Roboterkopf:	2	1	0

3. Wie gut kennst du dich mit dem Computer oder Tablet aus?

	gar nicht	geht so	sehr gut
→ Farbe der Räder:	rot	gelb	grün

Mein Schlüsselbild:

4. Was machst du am liebsten am Computer oder Tablet?

→ Male höchstens drei Felder auf dem Bauch deines Roboters rot an:							
spielen	zeichnen	lernen	im Internet surfen	E-Mails schreiben	telefonieren chatten	Musik hören Filme sehen	etwas Anderes
A	B	C	D	E	F	G	H

5. Welcher Beruf, der mit Computern zu tun hat, interessiert dich am meisten?

	Computer bauen	Computerprogramme erfinden	keiner
→ Farbe der Arme:	blau	rot	grün

→ Ü 99–102

1) Dazu gibt es eine mathematische Abenteuergeschichte.
Daten sammeln und darstellen, Textverständnis

18. Roboter

1 **Alle deine Mitschülerinnen und Mitschüler haben ihre Schlüsselbilder gestaltet. Du kannst nun aufzeichnen, wie die ganze Klasse geantwortet hat.**

Ergänze die Diagramme.
Male für jedes Kind in der zutreffenden Zeile ein Kästchen an.

Frage 1 — Wie viele Computer oder Tablets gibt es bei dir zu Hause?

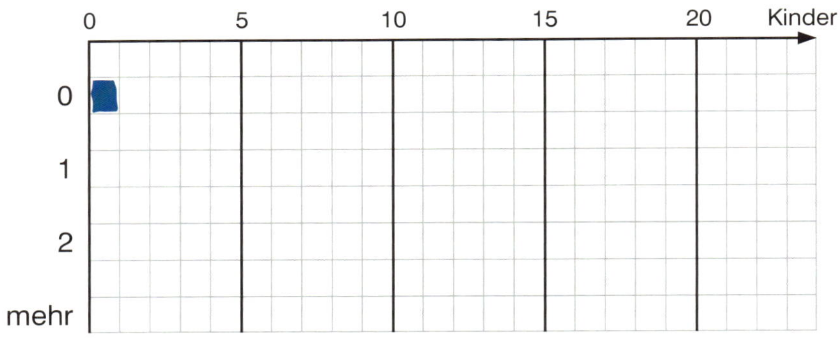

Frage 2 — Wie oft beschäftigst du dich mit dem Computer oder dem Tablet?

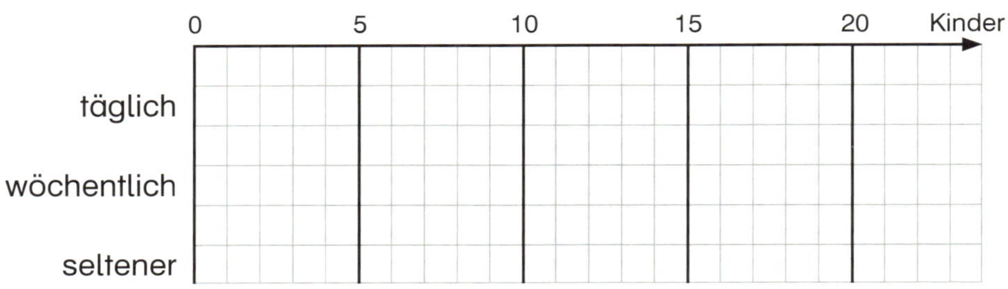

2 **Zeichne noch ein anderes Diagramm in dein Heft. Suche dir dazu eine Frage von Seite 109 aus.**

Bleib in Form!

3 **Rechne und kontrolliere selbst die Ergebnisse.**

682 − 217 = ___
957 − 439 = ___
899 − 415 = ___
522 − 146 = ___
829 − 31 = ___
268 − 25 = ___

648 − 139 = ___
421 − 193 = ___
152 − 39 = ___
457 − 265 = ___
543 − 187 = ___
424 − 178 = ___

Lösungen: 113 | 192 | 228 | 243 | 246 | 356 | 376 | 465 | 484 | 509 | 518 | 798

▶ Ü 99–102

Daten sammeln und darstellen, Diagramme interpretieren
Tipps zur Arbeit mit Diagrammen im Lehrerhandbuch
3) Wiederholung: schriftliche Subtraktion

Rechenroboter

„Jeder Rechenroboter verwendet immer die gleiche Regel um von der Zahl A zur Zahl B zu kommen.“

A	B
4	5
8	9
1	2
6	7

Regel: B ist immer um 1 größer als A.

1 **Erkenne die Regeln dieser Roboter.**
Ergänze dann die fehlenden Zahlen.
Schreibe die Regeln unter die Roboter.

a)

A	B
10	9
57	56
4	3
13	
20	
91	

Regel:

b)

A	B
6	3
20	17
8	5
37	
45	
62	

Regel:

c)

A	B
4	14
9	19
15	25
13	
30	
78	

Regel:

▶ Ü 99–102
Muster erkennen und fortsetzen, Regeln in Worte fassen
Die Regeln können unterschiedlich formuliert werden. Die Verwendung von Rechenzeichen ist erlaubt.
In den letzten beiden Zeilen jeder Aufgabe dürfen sich die Kinder selbst Zahlen ausdenken.

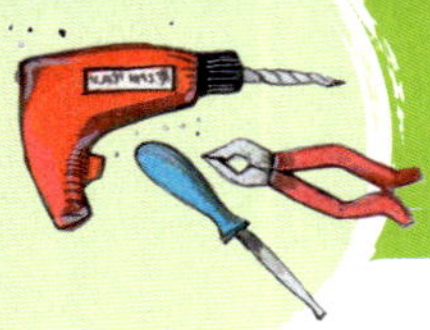

18. Roboter

1 **Erkenne die Regeln dieser Roboter.**
Ergänze dann die fehlenden Zahlen. Schreibe die Regeln unter die Roboter.

a)

A	B
5	52
7	72
3	32
6	62
4	
9	

Regel:
B ist das
Zehnfache von A
und dann plus 2.

b)

A	B
10	19
8	15
40	79
5	
15	
2	

Regel:

c)

A	B
20	5
12	3
36	9
28	
16	
80	

Regel:

Bleib in Form!

2 **Rechne und kontrolliere selbst die Ergebnisse.**

919 − 191	929 − 292	939 − 393	949 − 494	959 − 595	969 − 696
767 − 676	757 − 575	747 − 474	787 − 373	727 − 272	717 − 171

Lösungen: 91 | 182 | 273 | 273 | 364 | 414 | 455 | 455 | 546 | 546 | 637 | 728

▶ Ü 99–102

Muster erkennen und fortsetzen, Regeln in Worte fassen
1) Die Regeln können unterschiedlich formuliert werden. Die Verwendung von Rechenzeichen ist erlaubt. In den letzten beiden Zeilen jeder Aufgabe dürfen sich die Kinder selbst Zahlen ausdenken.
2) Wiederholung: schriftliche Subtraktion

18. Roboter

1 **Statt Zahlen schreibt der Roboter Buchstaben. Rechne aus, für welche Zahlen die Buchstaben stehen.**

a)

64 minus die Zahl X ergibt 49. Wie groß ist X ?

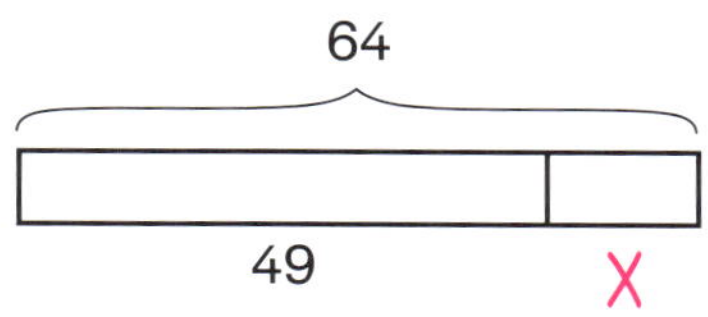

R: 64 - 49 = 15

A: X = 15

b)

Rechnet man zu Y noch 30 dazu, erhält man die Zahl 78. Wie groß ist Y ?

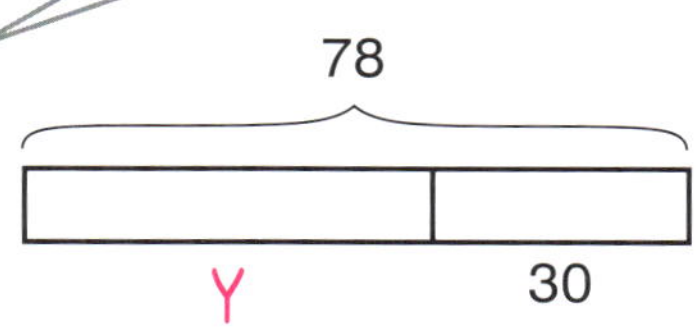

R: ____________

A: ____________

c)

Subtrahiert man von Z die Zahl 8, so erhält man 62. Wie groß ist Z ?

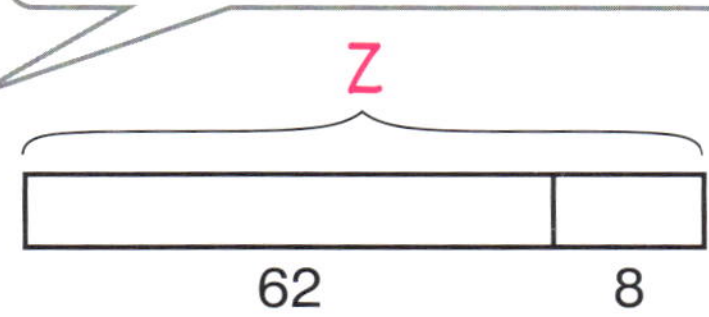

R: ____________

A: ____________

d)

Teilt man R durch 3 ergibt das 20. Wie groß ist R ?

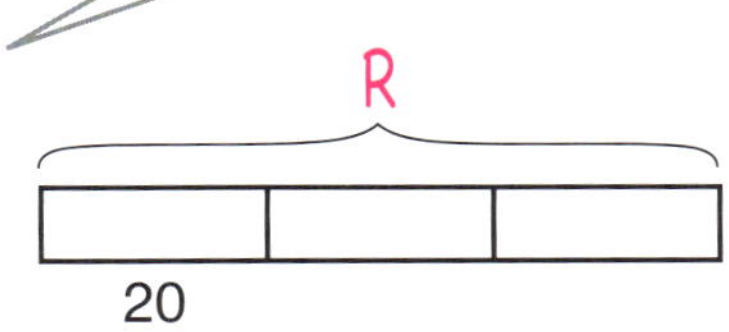

R: ____________

A: ____________

e)

Das Fünffache von Q ist 40. Wie groß ist Q ?

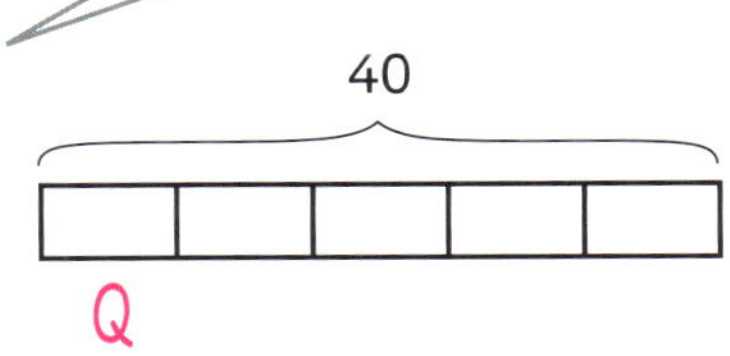

R: ____________

A: ____________

Ü 99–102 Rechnen mit Variablen, Textverständnis

18. Roboter

1 **Hake alle Rechnungen an, die zu den Modellen passen.**

a)

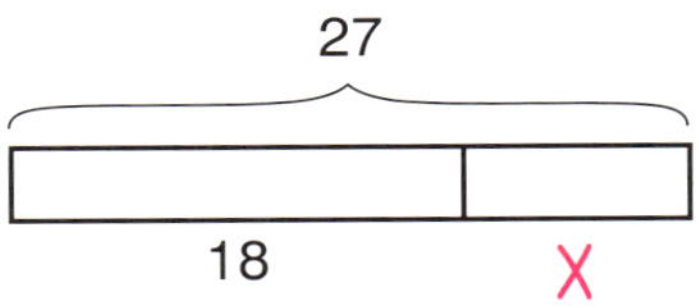

27 − X = 18 ☑ 18 · X = 27 ☐

18 + 27 = X ☐ X + 18 = 27 ☑

b)

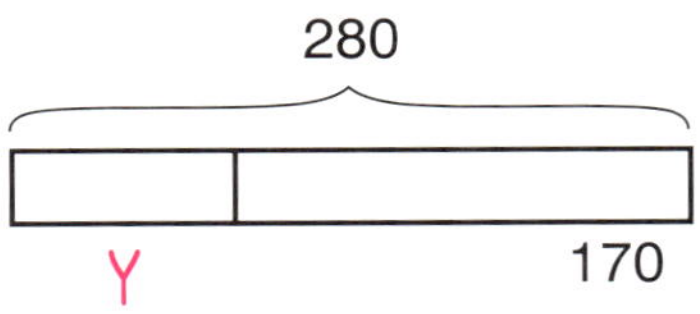

Y + 170 = 280 ☐ 280 − Y = 170 ☐

170 + Y = 280 ☐ 170 + 280 = Y ☐

c)

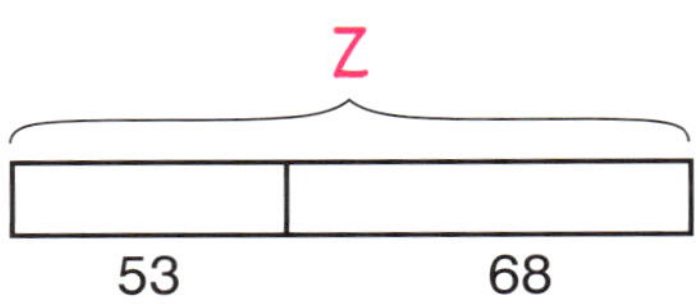

68 − 53 = Z ☐ Z − 53 = 68 ☐

Z + 68 = 53 ☐ 53 + 68 = Z ☐

d)

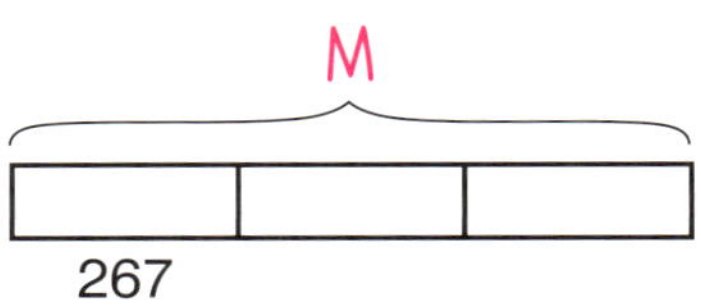

267 · 3 = M ☐ M : 3 = 267 ☐

3 · M = 267 ☐ 267 − 3 = M ☐

e)

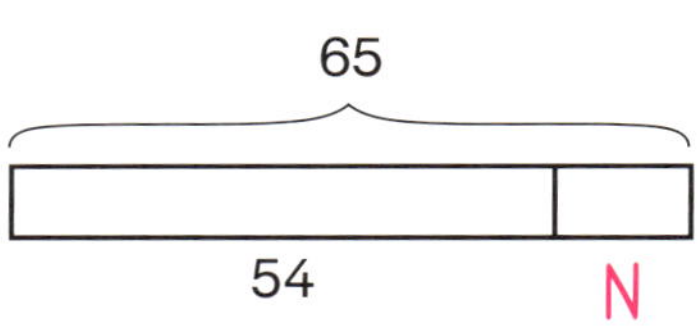

4 · N = 65 ☐ N = 65 − 64 ☐

65 − N = 54 ☐ 54 + N = 65 ☐

2 **Finde zu jedem Modell von Übung 1 eine Rechengeschichte. Schreibe dazu eine passende Frage, die Rechnung und die Antwort.**

Bleib in Form!

3 **Bilde Subtraktionen, die folgende Eigenschaften haben:**

a) Die Differenz ist größer als 100.

b) Die zweite Zahl ist größer als 500.

c) Die Differenz ist gerade.

19. Eissalon

1 Hilf Gianni beim Rechnen.
Wie viel bezahlen seine Kundinnen und Kunden?

2–8

1 Euro = 100 Cent
1 € = 100 Cent

Das Komma trennt Euro und Cent.

2,30 €
2 Euro — 30 Cent

0,30 € = 30 c
2,30 € = 2 € 30 c

a) Adnan kauft eine Tüte mit einer Kugel Schokoladeeis und einer Kugel Himbeereis.

b) Elke kauft eine Kugel Marilleneis in einer Schokotüte. Dazu nimmt sie noch ein Schirmchen.

c) Frau Meier kauft jedem ihrer drei Kinder einen Eisbecher mit zwei Kugeln Eis.

d) Quentin kauft zwei Kugeln Vanilleeis in einer Schokotüte. Dazu nimmt er Karamellkreme und ein Schirmchen.

e) Ayse kauft ein Eis mit drei Kugeln. Der Eisverkäufer schenkt ihr ein Schirmchen dazu.

f) Katharina kauft sich eine Tüte mit zwei Kugeln Haselnusseis.

g) Ivo möchte zwar gerne ein Eis, er hat aber Husten und darf sich keines kaufen.

1a) R: 2 · 230c = 460c
460c + 20c = 480c
A: Adnan bezahlt 4,80 €.

Für die Rechnung wandle ich alles in Cent um.

2 **Aufgabenwerkstatt**

Hannah, Lucas und Ismail kaufen auch Eis bei Gianni.
Denke dir aus, was sie bestellen.
Schreibe die drei Bestellungen in dein Heft und rechne aus, wie viel die einzelnen Kinder dafür bezahlen.

▶ Ü 103–108

Einführung: Kommaschreibweise von Preisen
1) Dazu gibt es eine mathematische Abenteuergeschichte.
1) 2) Zur Unterstützung kann Spielgeld verwendet werden.
2) Gut als Partner- oder Gruppenarbeit geeignet.

19. Eissalon

1 **Wandle um.**

30 c = 0,30 € 100 c = ____ € 940 c = ____ € 800 c = ____ €

60 c = ____ € 5 c = ____ € 130 c = ____ € 655 c = ____ €

2 **Wandle um.**

1,70 € = 170 c 0,80 € = ____ c 0,10 € = ____ c 2,50 € = ____ c

6,40 € = ____ c 0,01 € = ____ c 10 € = ____ c 1 € = ____ c

3 **Ergänze immer auf 1 Euro.**

80 c + 20 c = 1 € 65 c + ____ = 1 € ____ + 5 c = 1 €

____ + 10 c = 1 € ____ + 4 c = 1 € 75 c + ____ = 1 €

4 **Berechne die Summe dieser Geldbeträge.**
Verwende Spielgeld zum Lösen dieser Aufgabe.

4,20 € | 3 € | 60 c → 7,80 €

0,60 € | 3,40 € | 90 c → ____

10 c | 30 € | 2,20 € → ____

12 € | 50 c | 4,50 € → ____

Bleib in Form!

5 **Immer 0 Rest.**

a) Rechne.

6 1 2 : 4 =

8 5 2 : 4 =

b) Rechne.

952 : 8

762 : 3

868 : 7

880 : 5

Lösungen: 119 | 124 | 153 | 176 | 213 | 254

▸Ü 103–108 Euro und Cent, Kommaschreibweise von Preisen
5) Wiederholung: schriftliche Division

19. Eissalon

1 Wie viel kosten diese Eisbecher und Eistüten?
Rechne im Kopf.

Tüte oder Becher:	0,20 €	Schokotüte:	0,50 €
Jede Kugel Eis:	2,30 €	Schirmchen:	0,30 €

5€ 10c

______

______

______

2 Schau auf den Preis. Zeichne eine Eistüte oder einen Eisbecher mit diesem Preis.

2,50 €	4,80 €	2,80 €	7,10 €

3 Rechne aus, wie viel Rückgeld Erik bekommt.
Verwende Spielgeld.

Gianni stellt die Rechnung.	Erik bezahlt.	Gianni gibt Erik das Rückgeld.
Preis: 3,50 €		1,50 €
Preis: 7,90 €		______
Preis: 5,70 €		______
Preis: 2,80 €		______

3,50 € und wie viel sind 5 €?

Gianni rechnet so:

Erst die Cent:
3,50 plus 50 c gleich 4 €.
Dann die Euro:
4 € plus 1 € gleich 5 €.

Rückgeld: 1,50 €

4 Spielt in der Klasse Eissalon. Schreibt auf, was verkauft wurde und wie viel es gekostet hat. Notiert auch die Höhe des Rückgeldes.
Verwendet Spielgeld.

Ü 103–108 Sachaufgaben mit Euro und Cent

19. Eissalon

So viele Sorten Eis!

Das Bild rechts nennt man Balkendiagramm. Es zeigt, wie beliebt die einzelnen Eissorten sind.

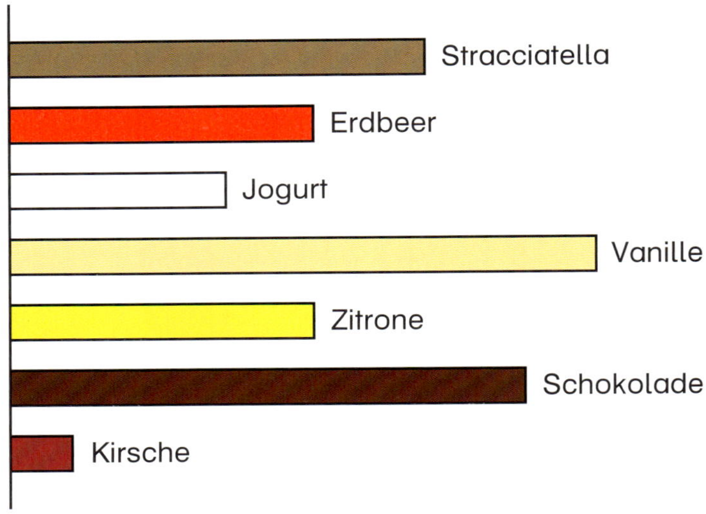

1 **Beantworte die Fragen. Das Balkendiagramm oben hilft dir dabei.**

a) Wie heißen die beiden beliebtesten Eissorten? ______________________

b) Welche Sorte ist beliebter: Kirscheis oder Erdbeereis? ______________________

c) Nenne zwei Sorten, die ungefähr gleich beliebt sind. ______________________

d) Nenne eine Sorte, die ungefähr halb so oft verkauft wurde wie Vanille. ______________________

2 **Was ist deine Lieblingseissorte?** ______________________

3 a) Frage ein paar Kinder deiner Klasse nach ihrer Lieblingseissorte.

Name:					
Lieblingseis:					

b) Zeichne ein Balkendiagramm zu den Lieblingseissorten in deiner Klasse.

Bleib in Form!

4 **Rechne und kontrolliere selbst die Ergebnisse.**

930 : 5 =

828 : 3 =

876 : 6 =

Lösungen:
146
186
276

▶Ü 103–108

Interpretieren von Diagrammen, Textverständnis
3) Weiterführung: Klassenstatistik erstellen, Schlüsselbild
4) Wiederholung: schriftliche Division

19. Eissalon

1 **Wie viel Flüssigkeit passt in diese Gefäße?**

Aron hat sie mit Wasser gefüllt
und das Wasser dann in ein Messglas gegossen.

Liter = l
Milliliter = ml
1 Liter = 1000 Milliliter

a) Becher

______

b) Milchkarton

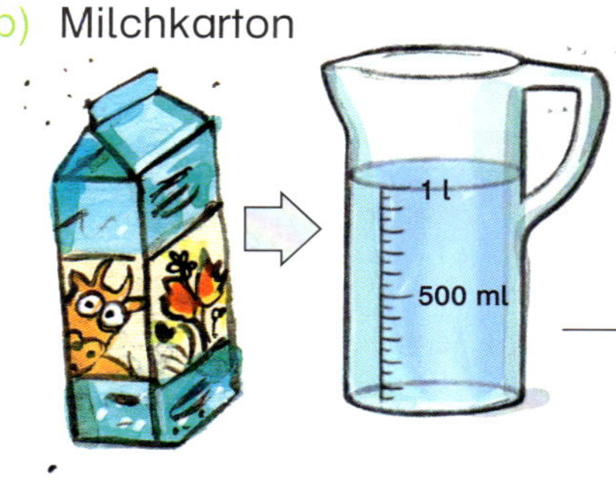

______

c) Vase

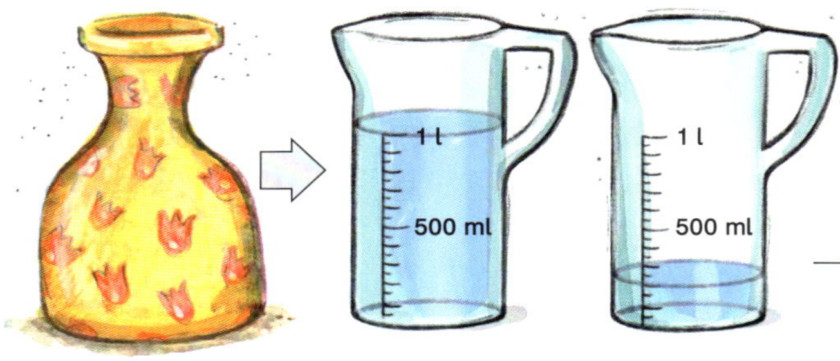

______

In die Vase passen
1 l 200 ml.

2 **Findet selbst drei Gefäße, zum Beispiel ein Glas, eine Schüssel und einen Topf, und messt aus, wie viel Flüssigkeit darin Platz hat.**

3 **Wie viel passt hinein?**
Ordne richtig zu.

Zahnpastatube

Ketchup-Flasche

Mülleimer

Glas

250 ml	20 l	75 ml	1 ml	750 ml	2 l	125 l	1 l

Tintenpatrone

Badewanne

Wasserflasche

Waschmittelpackung

19. Eissalon

Spezialität des Hauses
Eispalatschinken

Zum Abwiegen der Zutaten brauchst du eine **Küchenwaage**.

1 **Backe Palatschinken.**

Zutaten für Palatschinken:

5 Eier

250 ml Milch

125 ml Schlagobers

250 ml Mineralwasser

30 g Zucker

300 g Mehl

Mische alle Zutaten in einer großen Schüssel
und lasse den Teig eine halbe Stunde stehen.
Gib etwas Öl in eine Pfanne, gieße einen Schöpfer voll Teig
hinein und backe so eine Palatschinke nach der anderen.

2 **Löse die Aufgaben in deinem Heft. Verwende Spielgeld.**
Vergiss nicht, Antworten zu schreiben.

a) Herr Maric bestellt Eispalatschinken um 7,20 €.
Er bezahlt mit einem 10-Euro-Schein.
Wie viel Geld bekommt er zurück?

b) Frau Berger geht mit ihrer Tochter Anita Eis essen.
Sie bestellen einen Früchtebecher um 8,50 €
und einen Schokoladenbecher um 7,90 €.
Wie viel kostet das?

c) Armin und Bernd bestellen den gleichen Eisbecher.
Zusammen kostet ihre Bestellung 12,80 €.
Wie viel muss jeder bezahlen?

Bleib in Form!

3 **Sind diese Ergebnisse richtig?**
Rechne zu jeder Aufgabe eine Probe und kreuze an.

a) 246 : 3 = 82 R 0
- ❑ richtig
- ❑ falsch

b) 809 : 6 = 134 R 1
- ❑ richtig
- ❑ falsch

c) 722 : 4 = 182 R 2
- ❑ richtig
- ❑ falsch

▶ Ü 103–108
Größen: Kilogramm, Dekagramm, Gramm
Palatschinkenrezept: Verwenden Sie für Milch, Schlagobers und Mineralwasser ein Viertelliterglas.
3) Wiederholung: Schriftliche Division

20. Zeig, was du kannst!

16 Hole dir deinen Stern!

1

Sprichst du die Sprache der Mathematik?
Kreuze die richtigen Antworten an.

a) Wie nennt man Minusrechnen in der Mathematik?
- ❑ abzwacken
- ❑ subtrahieren
- ❑ davonstehlen

b) Wenn zwei Geraden immer den gleichen Abstand zueinander haben, nennt man sie …
- ❑ parallel
- ❑ paradiesisch
- ❑ langweilig

c) Was ist ein Quadrat?
- ❑ ein Superheld mit vier Armen
- ❑ eine Nachspeise aus Topfen und Nüssen
- ❑ eine geometrische Figur

d) Was versteht man in der Mathematik unter einer Summe?
- ❑ das Ergebnis einer Addition
- ❑ eine elektrische Türglocke
- ❑ ein Insekt, etwas größer als eine Biene

e) Was bedeutet Multiplizieren?
- ❑ etwas so kompliziert wie möglich machen
- ❑ malrechnen
- ❑ etwas mit vielen Blitzen treffen

f) Wofür wird in der Geometrie der Buchstabe u verwendet?
- ❑ Unfug
- ❑ Umfang
- ❑ ungenau

g) Wo verwendet man Millimeter?
- ❑ für Längenangaben
- ❑ um auszudrücken, dass jemand fast schon Millionär ist
- ❑ um zu sagen, dass Tante Milli nur mehr wenige Meter vom Haus entfernt ist

h) Was ist ein Quader?
- ❑ ein Motorrad mit vier Rädern
- ❑ ein übelriechender Käse
- ❑ ein geometrischer Körper

i) Was versteht man in der Mathematik unter Differenz?
- ❑ das Ergebnis einer Subtraktion
- ❑ ein Streitgespräch in der Mathematikstunde
- ❑ eine schwierige Division

→ Die Lösungen der Aufgaben und die Auswertung findest du im Lösungsheft.

20. Zeig, was du kannst!

Zahlen von 0 bis 1000

1 **Schreibe die Zahlen in die Felder.**

a)

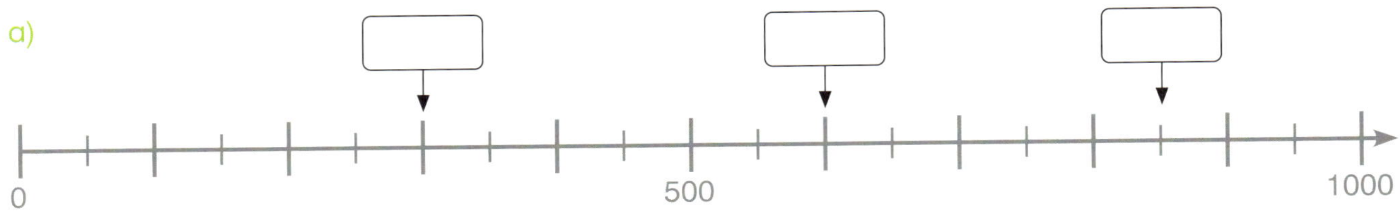

b)

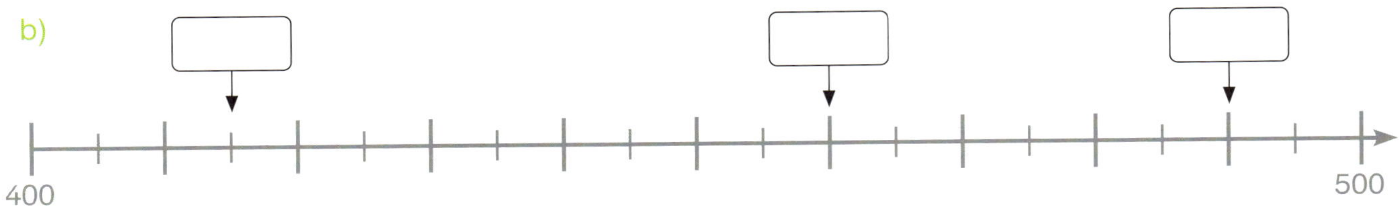

c)

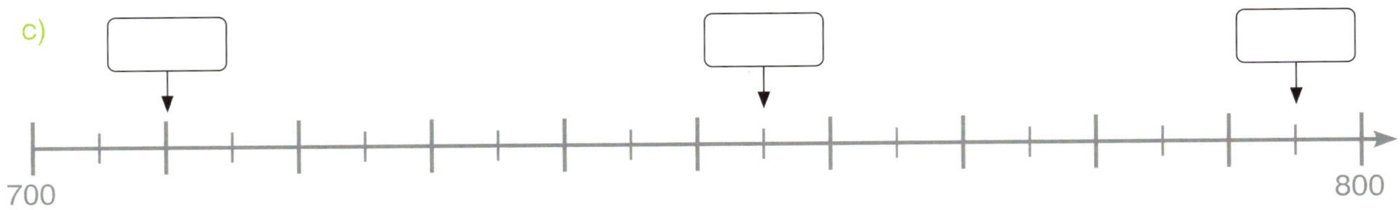

17 Hole dir deinen Stern!

2

a) Setze die Reihen fort.

0 100 200 ____ ____ ____ ____ ____ ☐

540 530 520 ____ ____ ____ ____ ____ ☐

276 275 274 ____ ____ ____ ____ ____ ☐

b) Welche Zahl ist um 10 größer als 628 ? ____ ☐

c) Welche Zahl ist um 1 kleiner als 1000 ? ____ ☐

d) Welchen Wert hat die Ziffer 7 in der Zahl 735 ? ____ ☐

e) Runde auf ganze Zehner. 513 ≈ ____ ☐

857 ≈ ____ ☐

f) Schreibe die Zahlen. 7 H + 3 Z + 4 E = ____ ☐

15 Einer + 3 Hunderter + 2 Zehner = ____ ☐

→ Die Lösungen der Aufgaben und die Auswertung findest du im Lösungsheft.

20. Zeig, was du kannst!

Schriftliche Rechenoperationen

1 **Addiere.**

642 + 351　　325 + 478　　724 + 85　　27 + 539

Lösungen: 566 803 809 993

2 **Subtrahiere.**

896 - 351　　743 - 526　　754 - 46　　621 - 78

Lösungen: 217 543 545 708

3 **Löse die Aufgaben in deinem Heft und kontrolliere selbst die Ergebnisse.**

a) 438 + 220　593 + 165

b) 702 + 84　38 + 283

c) 643 - 312　549 - 216

d) 703 - 182　900 - 389

Lösungen: 321 331 333 511 521 658 758 786

4 Hole dir deinen Stern! 18

a) Addiere.

351	805	259	487
246	163	416	135

b) Subtrahiere.

459	682	328	900
- 152	- 410	- 156	- 524

c) Addiere.

214	403	63	351
326	71	289	85
105	352	106	290

➜ Die Lösungen der Aufgaben und die Auswertung findest du im Lösungsheft.

20. Zeig, was du kannst!

Schriftliche Rechenoperationen

1 **Multipliziere.**

426 · 2   264 · 3   209 · 4   167 · 2

Lösungen: 334 | 792 | 836 | 852

2 **Dividiere.**

87 : 3 =   709 : 2 =   827 : 5 =

3 **Löse die Aufgaben in deinem Heft und kontrolliere selbst die Ergebnisse.**

a) 423 · 2
165 · 5

b) 93 · 7
56 · 9

c) 712 : 4
438 : 2

d) 378 : 6
525 : 7

Lösungen: 63 | 75 | 178 | 219 | 504 | 651 | 825 | 846

4 19 Hole dir deinen Stern!

a) Multipliziere.

203 · 3   436 · 2   59 · 8

b) Dividiere.

95 : 4 =   638 : 2 =   372 : 6 =

→ Die Lösungen der Aufgaben und die Auswertung findest du im Lösungsheft.

20. Zeig, was du kannst!

Euro und Cent

1 Ergänze auf 1 oder 2 Euro.

1 €		
20 c	+	______
______	+	5 c
50 c	+	______
______	+	12 c
69 c	+	______

1 €		
1 c	+	______
______	+	60 c
93 c	+	______
______	+	30 c
25 c	+	______

2 €		
1€ 80c	+	______
______	+	50 c
1€ 92c	+	______
______	+	10 c
60 c	+	______

Lösungen:

7c	8c
20c	31c
40c	50c
70c	75c
80c	88c
95c	99c
1€40c	1€50c
1€90c	

2 Wandle um.

40 c = _____ €   8 c = _____ €   120 c = _____ €

90 c = _____ €   100 c = _____ €   350 c = _____ €

70 c = _____ €   5 c = _____ €   230 c = _____ €

3 Wandle um.

2,80 € = _____ c   0,90 € = _____ c   2 € = _____ c

9,30 € = _____ c   0,05 € = _____ c   0,40 € = _____ c

6,40 € = _____ c   0,32 € = _____ c   3,08 € = _____ c

4 20 Hole dir deinen Stern!

a) Rechne.

1 € - 20 c = ______ ☐   1 € - 39 c = ______ ☐

1 € - 7 c = ______ ☐   1 € - 100 c = ______ ☐

b) Wie viel Euro sind das?

______________ ☐

c) Rechne.

80 c + 50 c = ______ ☐

2,40 € + 100 c = ______ ☐

→ Die Lösungen der Aufgaben und die Auswertung findest du im Lösungsheft.

20. Zeig, was du kannst!

Gewicht und Längen

1 **Ergänze auf ein Kilogramm, einen Meter oder einen Dezimeter.**

1 kg		
300 g	+	______
______	+	10 dag
97 dag	+	______
______	+	2 g
800 g	+	______

1 m		
95 cm	+	______
______	+	20 cm
10 cm	+	______
______	+	6 dm
3 dm	+	______

1 dm		
5 cm	+	______
______	+	1 mm
80 mm	+	______
______	+	1 cm
25 mm	+	______

Lösungen:

3dag	90dag
200g	700g
998g	5cm
5cm	9cm
20mm	75mm
99mm	4dm
7dm	80cm
90cm	

2 **Wie lang sind diese Balken?**
Gib die Lösung in Zentimeter und Millimeter an.

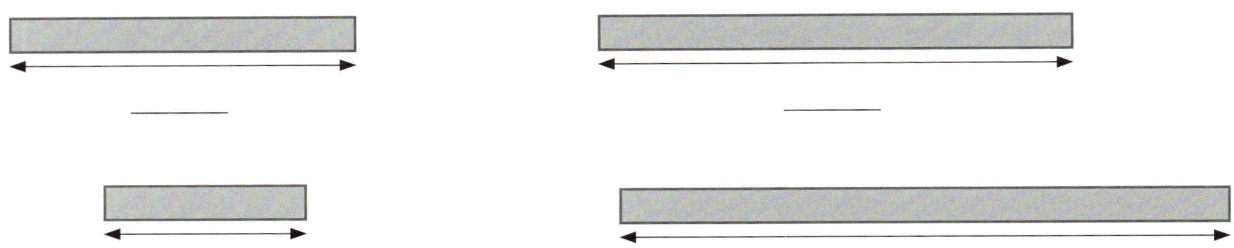

3

21 Hole dir deinen Stern!

a) Setze die richtigen Zahlen ein.

40 g = ______ dag ☐ 1 kg = ______ dag ☐

1 kg = ______ g ☐ 12 dag = ______ g ☐

b) Setze die richtigen Zahlen ein.

60 mm = ______ cm ☐ 18 cm = ______ mm ☐

2 dm = ______ cm ☐ 1 m = ______ cm ☐

c) Wie lang ist dieser Balken? ______

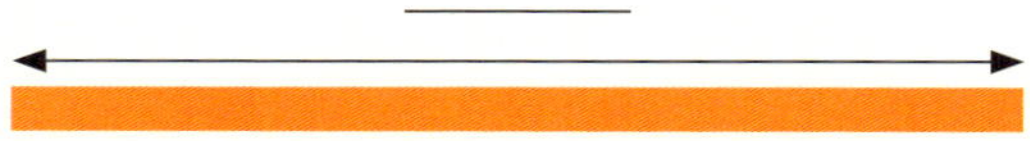 ☐

➜ Die Lösungen der Aufgaben und die Auswertung findest du im Lösungsheft.

20. Zeig, was du kannst!

Sachaufgaben

1 **Lies die Sachaufgaben und rechne im Heft.**
Schreibe einen ganzen Satz als Antwort.
Kontrolliere deine Ergebnisse mithilfe der Lösungszahlen.

a) Im Erlebnispark gibt es auch Scherzartikel zu kaufen.
Luise kauft einen lustigen Hut um 16 € und eine Brille um 9 €.
Sie bezahlt mit einem 100-Euro-Schein.
Wie viel Rückgeld bekommt Luise?

b) Nina und drei Freundinnen besuchen den Erlebnispark.
Zusammen bezahlen sie 84 € für den Eintritt.
Wie viel kostet eine Karte?

c) Neun Kinder besuchen gemeinsam den Erlebnispark.
Sie kaufen eine Gruppenkarte um 135 €.
Das kostet 54 € weniger, als neun einzelne Karten.
Wie viel Geld hat jedes der Kinder gespart?

Lösungszahlen: 6 | 21 | 75

2 22 Hole dir deinen Stern!

a) Eine Blumenhändlerin verteilt 161 Rosen gleichmäßig auf 7 Sträuße.
Wie viele Rosen kommen in jeden Strauß? ☐

b) Die Zahl X erhält man, wenn man 43 verdoppelt
und dann noch 5 dazu zählt. Wie heißt die Zahl X ? ☐

c) David hat eine Tomatenpflanze gesetzt. Sie ist schon 16 cm hoch.
Peters Tomatenpflanze ist um acht Zentimeter höher.
Lauras Tomatenpflanze ist nur halb so hoch wie Peters Tomatenpflanze.
Wie hoch ist Lauras Pflanze? ☐

d) Ein Rechteck ist 4 cm 3 mm lang und 1 cm 8 mm breit.
Berechne den Umfang des Rechtecks. ☐

e) In einem Sack ist 1 kg Mehl.
Sarah nimmt zuerst 20 dag und dann noch 15 dag heraus.
Wie viel Mehl ist dann noch im Sack? ☐

f) Herr Idler geht ins Kaffeehaus. Er trinkt ein Glas Apfelsaft um 3,90 €
und isst eine Eispalatschinke um 7,30 €. Wie viel bezahlt er? ☐

g) Eine Schaufel kostet 29 €, eine Spitzhacke 32 € und ein Spaten kostet 36 €.
Ein Gärtner kauft drei Schaufeln und vier Spaten.
Er bezahlt mit drei 100-€-Scheinen.
Wie viel Rückgeld bekommt er? ☐

→ Die Lösungen der Aufgaben und die Auswertung findest du im Lösungsheft.

Knobelaufgabe

Überlege, wie du die Knobelaufgabe lösen kannst.
Sprich mit anderen Kindern darüber.

Plätze wechseln

Cedric und seine Freundinnen und Freunde reiten auf Philipps größtem Pferd Kunigunde in die Ferien. Cedric, Aron, Philipp und Linn sitzen auf dem Pferd. Nora fliegt über ihnen. Linn sagt: „Die Aussicht nach hinten ist ja wunderschön, aber ich sehe überhaupt nicht, wohin wir reiten. Außerdem duftet es hier ein wenig nach Rossknödel." Philipp meint: „Wir könnten ja einmal die Plätze tauschen. Ich sehe auch nur Arons Rücken." Aron sagt: „Mir würde es ganz hinten gefallen. Da kann man sich am Pferdeschwanz festhalten." Cedric meint: „Ich möchte auch nicht die ganze Reise das Pferd lenken. Ich habe einen Vorschlag: Wir machen viele Pausen und nach jeder Pause wechseln wir die Plätze." Nora sagt: „Gute Idee. Es gibt mehrere Möglichkeiten, in welcher Reihenfolge ihr sitzen könnt. Wie viele sind es? Ich bin neugierig, ob ihr alle findet."

Tipp:
Arbeitet in Gruppen. Eine Gruppe soll herausfinden, wie viele verschiedene Möglichkeiten es für Aron, Philipp und Linn gibt, wenn immer Cedric vorne sitzt. Eine andere Gruppe soll die Möglichkeiten finden, wenn immer Linn vorne sitzt und so weiter.

Vergleicht eure Ergebnisse und versucht gemeinsam, Noras Frage zu beantworten.

Schöne Ferien!

Problemlösen, Kombinatorik: Die Kinder sollen herausfinden, dass sich das Problem in vier Teilprobleme zerlegen lässt, bei denen immer ein anderes der vier Kinder vorne sitzt.

David Wohlhart – Michael Scharnreitner – Elisa Wohlhart

EINS PLUS

Mathematik für die 3. Klasse der Volksschule

Name:

Lösungsheft
zum Erarbeitungsteil

3

HELBLING

Hole dir deinen Stern!

Arbeite in deinem Lösungsheft auf diese Weise:

- Vergleiche deine Ergebnisse im Erarbeitungsteil mit den Lösungen im Lösungsheft.
- Für jede richtige Lösung im Erarbeitungsteil erhältst du einen Punkt.
- Zähle die Punkte zusammen und trage sie in deinem Lösungsheft ein.
- Lies nun die Auswertung und male deinen Stern in der richtigen Farbe an.
- Bei Sachaufgaben kann es sein, dass du die Aufgabe anders gelöst hast. Manchmal gibt es verschiedene Lösungswege zum richtigen Ergebnis.
- Male nun auf der letzten Seite deines Lösungsheftes den entsprechenden Stern an.

Hole dir deinen Stern! 1

Wie gut kannst du schon im Kopf Plus- und Minusrechnen?

Kontrolliere deine Lösungen und male den Stern an.

Lösungen:

4 a)	9	65	800	4 b)	6	57	300
	75	59	930		10	53	570
	60	54	325		86	24	456

Erreichte Punkte:

Seite 31

- **0 bis 6 Punkte → rot**
  Du musst dringend üben. Frage um Rat.
- **7 bis 14 Punkte → silber**
  Mit etwas Training schaffst du locker noch mehr Punkte.
- **15 bis 18 Punkte → gold**
  Guter Test! Du bist schon sehr gut beim Lösen von Plus- und Minusaufgaben.

Hole dir deinen Stern! 2

Wie gut kannst du schon Malrechnen und Teilen?

Kontrolliere deine Lösungen und male den Stern an.

Lösungen:

3 a)	20	14	27	3 b)	4	2	7
	24	36	28		5	1	5
	54	56	35		8	9	9

Erreichte Punkte:

Seite 32

- **0 bis 6 Punkte → rot**
  Wiederhole die Malreihen und übe das Teilen.
- **7 bis 14 Punkte → silber**
  Das Malreihentraining zeigt schon Erfolge. Übe weiter!
- **15 bis 18 Punkte → gold**
  Gratuliere! Malreihenmeisterin!
  Gratuliere! Malreihenmeister!

Wie gut kennst du dich mit Zahlen bis 1000 aus?

Kontrolliere deine Lösungen und male den Stern an.

Lösungen:

2 a) 240 200	2 b) 253 42	2 c) 699
920 400	649 749	540
730 300	308 188	746

Erreichte Punkte:

Seite 33

- **0 bis 7 Punkte → rot**
  Du bringst die Zahlen noch ganz schön durcheinander.
  Hole dir Hilfe.
- **8 bis 13 Punkte → silber**
  Du kennst dich zwar schon recht gut aus, doch du kannst noch besser werden!
- **14 bis 15 Punkte → gold**
  Du kennst dich bei den Zahlen bis 1000 super aus.
  Kannst du einem anderen Kind helfen?

Wie gut kennst du dich in der Geometrie aus?

Kontrolliere deine Lösungen und male den Stern an.

Lösungen:

4 a) 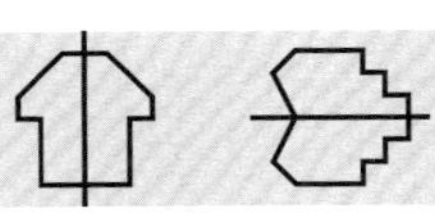

4 b) l = 70 mm, b = 17 mm

4 c) 50 mm, 90 mm, 34 mm, 79 mm

Erreichte Punkte:

Seite 34

- **0 bis 4 Punkte → rot**
  Bei der Umfangberechnung brauchst du dringend Hilfe.
- **5 bis 6 Punkte → silber**
  Miss und rechne noch genauer.
- **7 bis 8 Punkte → gold**
  Geometrie – gut gemacht!

Hole dir deinen Stern! 5

Wie gut kannst du schon Sachaufgaben lösen?

Kontrolliere deine Lösungen und male den Stern an.

Lösungen:

2a)	2b)	2c)
R: 48 – 15 = 33	R: 400 : 2 = 200	R: 34 – 12 = 22 34 + 22 = 56
A: Es leben 33 Felspinguine im Zoo.	A: Am Samstag waren 200 Menschen im Zoo.	A: 56 Kängurus leben in beiden Zoos.

Erreichte Punkte:

Seite 35

➜ **0 Punkte → rot**
Vielleicht kann dir eine Skizze oder ein Balkenmodell helfen, die Aufgaben zu verstehen.

➜ **1 bis 2 Punkte → silber**
Viele Rechenschritte sind schon richtig, doch du kannst noch mehr!

➜ **3 Punkte → gold**
Bei diesen Sachaufgaben kennst du dich ausgezeichnet aus!

Hole dir deinen Stern! 6

Wie gut kannst du schon im Kopf Plus- und Minusrechnen?

Kontrolliere deine Lösungen und male den Stern an.

Lösungen:

2a)			
	51	500	667
	99	660	553
	92	455	721

2b)			
	57	500	448
	53	660	670
	24	240	431

Erreichte Punkte:

Seite 61

➜ **0 bis 6 Punkte → rot**
Kopfrechnen muss man immer wieder trainieren. Los geht's!

➜ **7 bis 14 Punkte → silber**
Bravo, weiter so, das Üben macht sich bezahlt.

➜ **15 bis 18 Punkte → gold**
Beim Kopfrechnen bist du toll!

Wie gut kannst du schon Malrechnen und Teilen?

Kontrolliere deine Lösungen und male den Stern an.

Lösungen:

2a)			2b)		
18	140	198	7	6 R1	25
36	120	796	9	8 R2	80
28	600	792	8	0 R3	60

Erreichte Punkte:

Seite 62

→ **0 bis 6 Punkte → rot**
Höchste Zeit, die Malreihen zu lernen!

→ **7 bis 14 Punkte → silber**
Was klappt noch nicht? Lass es dir noch ein Mal erklären.

→ **15 bis 18 Punkte → gold**
Spitze!

Wie gut kannst du schon schriftlich addieren und multiplizieren?

Kontrolliere deine Lösungen und male den Stern an.

Lösungen: 2a) 553, 524, 699, 928 2b) 396, 657, 635

Erreichte Punkte:

Seite 63

→ **0 bis 2 Punkte → rot**
Lass dir Addition und Multiplikation noch einmal erklären.

→ **3 bis 6 Punkte → silber**
Übe die Rechenarten, die dir noch schwer fallen, dann kannst du deine Leistungen verbessern.

→ **7 Punkte → gold**
Bei Addition und Multiplikation kennst du dich super aus. Bravo!

Hole dir deinen Stern! 9

Wie gut kennst du dich in der Geometrie aus?

Kontrolliere deine Lösungen und male den Stern an.

Lösungen:

2a) 1 mm Abweichung deiner Ergebnisse von den Lösungen ist erlaubt. 5 cm 5 mm, 2 cm 8 mm, 3 cm 9 mm

2b) 28 mm, 172 mm, 28 cm

2c) Es werden 16 m Zaun benötigt.

Seite 64

➜ **0 bis 3 Punkte → rot**
Wiederhole, zähle und miss genau.

➜ **4 bis 6 Punkte → silber**
Du kennst dich in der Geometrie schon recht gut aus, doch es geht noch besser.

➜ **7 Punkte → gold**
Geometrieaufgaben – gut gelöst!

Hole dir deinen Stern! 10

Wie gut kannst du schon Sachaufgaben lösen?

Kontrolliere deine Lösungen und male den Stern an.

Lösungen:

2a)
R: 78 + 30 = 108
A: Das waren 108 Karten.

2b) R: 13 · 4 = 52
28 · 2 = 56
52 + 56 = 108
A: Das Hotel hat insgesamt 108 Betten.

2c)
R: 50 - 27 = 23
A: Er bekommt 23 € Wechselgeld.

Erreichte Punkte:

Seite 65

➜ **0 bis 1 Punkt → rot**
Hast du daran gedacht, Skizzen zu den Aufgaben zu erstellen? Das könnte dir helfen!

➜ **2 Punkte → silber**
Lies die Texte genauer und rechne konzentriert. Du kannst alle Punkte schaffen.

➜ **3 Punkte → gold**
Bei diesen Sachaufgaben kennst du dich ausgezeichnet aus!

Hole dir deinen Stern! 11

Wie gut kannst du schon Kopfrechnen?

Kontrolliere deine Lösungen und male den Stern an.

Lösungen:

2 a)	77	57	670
	43	56	387
	65	54	640

2 b)	32	7	3 R2
	9	7	6 R3
	54	4	9 R1

2 c)	239	361	495
	659	431	597
	373	524	196

Erreichte Punkte:

Seite 93

- **0 bis 15 Punkte → rot**
  Liebe Rechnerin, lieber Rechner: Üben, üben, üben!
- **16 bis 24 Punkte → silber**
  Deine Übungszeiten bringen erste Erfolge. Weiter so!
- **25 bis 27 Punkte → gold**
  Egal ob +, −, · oder :, beim Kopfrechnen bist du richtig gut!

Hole dir deinen Stern! 12

Wie gut kannst du schon schriftlich addieren und subtrahieren?

Kontrolliere deine Lösungen und male den Stern an.

Lösungen: 2 a) 497, 564, 698, 784 2 b) 535, 380, 144, 377

Erreichte Punkte:

Seite 94

- **0 bis 3 Punkte → rot**
  Lass dir schriftliche Addition und Subtraktion noch einmal erklären.
- **4 bis 6 Punkte → silber**
  Denke beim Rechnen auch an den Übertrag. Nimm dir Zeit, arbeite genau.
- **7 bis 8 Punkte → gold**
  Gut gemacht! Gratulation!

Hole dir deinen Stern! 13

Wie gut kannst du schon schriftlich multiplizieren und dividieren?

Kontrolliere deine Lösungen und male den Stern an.

Lösungen: 2a) 369, 876, 588, 984 2b) 158, 157 R2, 85 R2

Erreichte Punkte:

Seite 95

- ➜ **0 bis 2 Punkte → rot**
  Lass dir schriftliche Multiplikation und Division noch einmal erklären.
- ➜ **3 bis 5 Punkte → silber**
  Es hilft dir bestimmt, wenn du die Malreihen und Insätzchen wiederholst.
- ➜ **6 bis 7 Punkte → gold**
  Eine tolle Leistung, bravo!

Hole dir deinen Stern! 14

Wie gut kennst du dich mit Größen aus?

Kontrolliere deine Lösungen und male den Stern an.

Lösungen:

2a) 950 m 850 m
200 m 997 m

2c) 30 min 59 min
0 min 15 min

2b) 1000 kg, 1 t, 80 kg

2d) 14:00 16:40 13:00 14:30

Erreichte Punkte:

Seite 96

- ➜ **0 bis 7 Punkte → rot**
  Die Maßeinheiten musst du noch einmal erarbeiten.
- ➜ **8 bis 12 Punkte → silber**
  Manche Maßeinheiten bereiten dir noch Schwierigkeiten. Mit etwas Übung solltest du das aber in den Griff bekommen.
- ➜ **13 bis 15 Punkte → gold**
  Kiloweise Gratulation!

Wie gut kannst du schon Sachaufgaben lösen?

Kontrolliere deine Lösungen und male den Stern an.

Lösungen:

2a) R: 8 + 3 = 11
A: Das sind 11 Wagons.

2b) R: 21 · 5 = 105
105 + 62 = 167
A: Der Regionalzug wiegt insgesamt 167 t.

2c) R: 34 + 8 = 42
42 + 34 = 76
A: 76 Leute sitzen im Zug.

2d) Minusrechnen

Erreichte Punkte:

Seite 97

- **0 bis 1 Punkt → rot**
  Lies die Texte mehrmals durch. Zeichne Skizzen. Frag um Rat.
- **2 bis 3 Punkte → silber**
  Du bist am richtigen Weg. Arbeite konzentriert weiter.
  Du kannst noch mehr schaffen.
- **4 Punkte → gold**
  Prima! Du hast sogar die schwierigen Aufgaben richtig gelöst.

Hole dir deinen Stern! 16

Wie gut verstehst du schon die Sprache der Mathematik?

Kontrolliere deine Lösungen und male den Stern an.

Lösungen:

1 a) subtrahieren b) parallel c) eine geometrische Figur
d) das Ergebnis einer Addition e) malrechnen f) Umfang
g) für Längenangaben h) ein geometrischer Körper
i) das Ergebnis einer Subtraktion

Erreichte Punkte:

Seite 121

→ **0 bis 3 Punkte → rot**
Die Sprache der Mathematik musst du noch dringend üben.
Unterhalte dich mit deinen Mitschüler/innen.

→ **4 bis 8 Punkte → silber**
Viele Begriffe kennst du schon sehr gut.
Bemühe dich, alle zu verstehen.

→ **9 Punkte → gold**
Ausgezeichnet!

Hole dir deinen Stern! 17

Wie gut kennst du dich mit den Zahlen von 0 bis 1000 aus?

Kontrolliere deine Lösungen und male den Stern an.

Lösungen:

2a)	300	400	500	600	700	2b)	638	2e)	510	860
	510	500	490	480	470	2c)	999	2f)	734	335
	273	272	271	270	269	2d)	700			

Erreichte Punkte:

Seite 122

→ **0 bis 5 Punkte → rot**
Höchste Zeit fürs Zahlentraining!

→ **6 bis 9 Punkte → silber**
Volle Konzentration ist gefragt.
Das geht noch ein bisschen besser.

→ **10 Punkte → gold**
Tausend Glückwünsche!

Hole dir deinen Stern! 18

Wie gut kannst du schon schriftlich rechnen?

Kontrolliere deine Lösungen und male den Stern an.

Lösungen:

4a)	597	968	675	622
4b)	307	272	172	376
4c)	645	826	458	726

Erreichte Punkte:

Seite 123

- **0 bis 5 Punkte → rot**
  Lass dir alle Rechenarten noch einmal erklären.
- **6 bis 11 Punkte → silber**
  Um ein Rechenprofi zu werden, brauchst du noch etwas Übung.
- **10 bis 12 Punkte → gold**
  Jawohl! Du verstehst dein Handwerk.

Hole dir deinen Stern! 19

Wie gut kennst du dich mit multiplizieren und dividieren aus?

Kontrolliere deine Lösungen und male den Stern an.

Lösungen:

4a)	609	872	472
4b)	23 R3	319	62

Erreichte Punkte:

Seite 124

- **0 bis 7 Punkte → rot**
  Wiederhole alle Maßeinheiten.
  Bitte um Unterstützung beim Lernen.
- **8 bis 14 Punkte → silber**
  Du bist auf dem richtigen Weg zur Spitze. Weiter so!
- **15 bis 16 Punkte → gold**
  Spitze! Du kennst die Maßeinheiten und kannst gut umwandeln.

Hole dir deinen Stern! 20

Wie gut kennst du dich mit Euro und Cent aus?

Kontrolliere deine Lösungen und male den Stern an.

Lösungen:

4a)	80 c	61 c	4b) 2,12 €	4c)	1,30 € oder 1 € 30 c
	93 c	0 c	oder: 2 € 12 c		3,40 € oder 3 € 40 c

Erreichte Punkte:

Seite 125

- ➜ **0 bis 2 Punkte → rot**
  Hole dir Hilfe und übe mit Spielgeld.
- ➜ **3 bis 4 Punkte → silber**
  Um ein Profi zu werden, brauchst du noch etwas Übung.
- ➜ **5 bis 6 Punkte → gold**
  Du bist ein Geldprofi!

Hole dir deinen Stern! 21

Wie gut kennst du dich mit Gewichten und Längen aus?

Kontrolliere deine Lösungen und male den Stern an.

Lösungen:

3a)	4 dag	100 dag	3b)	6 cm	180 mm	3c) 6 cm 7 mm
	1000 g	120 g		20 cm	100 cm	Abweichung um 1 mm erlaubt.

Erreichte Punkte:

Seite 126

- ➜ **0 bis 2 Punkte → rot**
  Wiederhole die Maßeinheiten. Bitte um Unterstützung beim Lernen!
- ➜ **3 bis 6 Punkte → silber**
  Du bist auf dem richtigen Weg zur Spitze. Weiter so!
- ➜ **7 bis 9 Punkte → gold**
  Spitze! Du kennst die Maßeinheiten und kannst gut umwandeln.

Wie gut kannst du schon Sachaufgaben lösen?

Kontrolliere deine Lösungen und male den Stern an.

Lösungen:

2a)
R: 161 : 7 = 23
A: 23 Rosen kommen in jeden Strauß.

2b)
R: 43 · 2 = 86
86 + 5 = 91
A: X = 91

2c)
R: 16 + 8 = 24
24 : 2 = 12
A: Lauras Pflanze ist 12 cm hoch.

2d)
R: 43 mm · 2 = 86 mm
18 mm · 2 = 36 mm
86 mm + 36 mm = 122 mm
A: U = 12 cm 2 mm

2e)
R: 100 dag – 20 dag = 80 dag
80 dag – 15 dag = 65 dag
A: Im Sack sind noch
65 dag Mehl.

2f)
R: 390 c + 730 c = 1120 c
A: Er bezahlt 11,20 €.

2g)
R: 29 · 3 = 87
36 · 4 = 144
87 + 144 = 231
300 – 231 = 69
A: Er bekommt 69 €
Wechselgeld.

Erreichte Punkte:

Seite 127

➜ **0 bis 2 Punkte → rot**
Hole dir Hilfe. Lies die Texte genau und rechne dann sehr aufmerksam.

➜ **3 bis 6 Punkte → silber**
Denke daran, dass Skizzen helfen können. Wandle richtig um. Überprüfe deine Rechenergebnisse. Nur Mut, du kannst es schaffen!

➜ **7 Punkte → gold**
Herzlichen Glückwunsch! Du hast ausgezeichnet gearbeitet!

Male deine Sterne an!

Das Lösungsheft ist Bestandteil von EINS PLUS Band 3 Erarbeitungsteil.

Autorenteam: David Wohlhart, Michael Scharnreitner, Elisa Wohlhart

Illustrationen: Nina Hammerle
Satz: Carmen Zingerle

1. Auflage: A1^{1} 2024
zu ISBN 978-3-7113-0032-4

helbling.com

helbling.com

HELBLING